代
序

青绿之间是山水，青绿便成了人间最美的风光；青绿之间是岁月，青绿便成了人生灿烂的春秋。青绿之间的缤纷色彩，早已挥洒成画家眼中流动的烟云；青绿之间的万千气象，早就凝聚成诗人心头不朽的神州。青绿之间，金银闪烁，那是大自然的慷慨馈赠；青绿之外，锦绣无边，那是原生态的天然造化。

青绿之间是四季的轮回。"千里莺啼绿映红，水村山郭酒旗风"（唐·杜牧《江南春》），那是春天里清新的山水。"树阴满地日当午，梦觉流莺时一声"（宋·苏舜钦《夏意》），那是夏日里热烈的山水。"停车坐爱枫林晚，霜叶红于二月花"（唐·杜牧《山行》），那是晚秋里明丽的山水。"窗含西岭千秋雪，门泊东吴万里船"（唐·杜甫《绝句》），那是深冬里净洁的山水。青绿年年在，随我共登临。

青绿之间是宽广的园田。"一把青秧趁手青，轻烟漠漠雨冥冥"（宋·虞似良《横溪堂春晓》），手中的青苗传递的是田野上播种的辛劳。"稻花香里说丰年，听取蛙声一片"（宋·辛弃疾《西江月·夜行黄沙道中》），风翻稻浪的声

青绿之间是山水

音里，洋溢的是山乡丰收的喜悦。"开轩面场圃，把酒话桑麻"（唐·孟浩然《过故人庄》），邻里之间，宾朋往来；茶酒酬赠，一派和谐。"清江一曲抱村流，长夏江村事事幽"（唐·杜甫《江村》），江水的低徊婉转，流淌出的是江村的安闲和恬静。山乡水国，肥土沃野。

青绿之间是怡人的花草，醉眸的莺燕。"江南二月多芳草，春在蒙蒙细雨中"（宋·释仲殊《润州》）让我们看到了二月春草的蓬勃，江南春雨的多情。"枝间新绿一重重，小蕾深藏数点红"（金·元好问《同儿辈赋未开海棠》）则让海棠的含苞待放和娇嫩欲滴表里映照，动人心扉。"黄莺也爱新凉好，飞过青山影里啼"（宋·徐玑《新凉》），此刻黄莺也具备了世人的聪慧，给了我们天人合一的美好。"何处飞来双燕子，一时衔在画梁西"（宋·刘次庄《敷浅原见桃花》），画梁上的燕子分明就是情感的天使，双飞双宿，神仙美眷。

青绿之间，遐想纷至；青绿之间，梦景悠然。青绿能绽放出枝头最瑰丽的瞬间，青绿也能成长为世上最闪光的永恒。青绿是人间烟火，衣食住行；青绿是风雨楼台，琴棋曲赋。青绿是甘甜的乳汁，它可以哺育出万里江河；青绿是高耸的丰碑，它可以听到千年的惊雷。赞美青绿，就是赞美新中国的伟岸；歌唱青绿，就是歌唱新时代的壮美！

林峰　甲辰仲夏于京东一三居

代序

诗 e 中国行之美丽江苏

诗 e 中国行之美丽内蒙古

甘肃吟草

北京吟草

宁夏吟草

云南吟草

湖南吟草

贵州吟草

河南吟草

诗 e 中 国 行 之

美丽江苏

庚子辜月，吾随《环境保护》杂志南下江苏。
虽时届初冬，西风渐起，依然芳菲满眼，缤
纷五彩。至感林鸟和美，山水清幽。不觉诗
意盎然，吟得小诗若干，以记行踪也。

张家港江海交汇第一湾

云影缠绵木叶丹，

滩沙鸥鸟尽回环。

海光千里连波起，

此是长江第一湾。

夜宿江宁龙乡双范

远近青山淡淡浮，

风中桂子抱香流。

夜半披衣眠不得，

月移花影上高楼。

江宁钱家渡

垂杨渡口草初黄，

犹见寒芦照浅霜。

一叶乌篷桥下过，

秋随飞鸟入斜阳。

东台条子泥湿地公园

隐约滩声近，天分暮霭多。

沙洲浮白鸟，海树涌青螺。

听笛鲛人起，归帆渔父歌。

虚空涵万象，月镜似新磨。

张家港香山风景区

烟老枝头醉晚红，秋花香散钓台东。

雁来金港孤帆远，酒尽江亭白浪空。

洗砚疑浮霞锦色，听松未入岁寒丛。

人间无限佳山水，半在江南半梦中。

浣溪沙·泰兴虹桥生态长廊

落日昏黄上翠楼，缤纷花雨满江头。

秋芦雪点小瀛洲。

高卧能留芳草绿，开怀欲放大江流。

虹桥如练月如钩。

鹧鸪天 · 射阳鹤乡菊海

五彩祥云照眼明，琼枝千朵向人倾。

谁呼白鹤来东海，我送秋香入画屏。

浓淡紫，浅深青。雅姿玉魄两娉婷。

南来不借生花笔，人在天孙锦上行。

南通狼山国家森林公园 （通韵）

风光恰似五陵溪，

满眼流芳染碧霓。

行到金鳌摘斗处，

狼山百丈海门低。

夜游濠河

光摇七彩压河湾，

水漾琉璃月一环。

岸转楼台千树火，

小舟明灭景斓斑。

溧水中山河

天移银汉水，奔涌下秦淮。

琴共蝉声起，云随鹤影来。

灵光浮宝树，爽气入琼台。

微雨黄梅后，金樽为我开。

浣溪沙·溧水山凹村

何处清歌过粉墙，桥分柳色近斜阳。

桃花源里睡鸳鸯。

坐想神山空泻玉，照临凹水夜流觞。

花间蝶影满荷塘。

苏州金庭镇西山岛

碧波千顷涌仙山，湖上风来橘未丹。

林屋洞开多鸟语，包山寺古共僧还。

花沾袖底烟尘远，月上楼头翡翠斑。

再借西山舟一叶，来看白鹭下汀湾。

菩萨蛮·金庭镇缥缈峰

长林婉转西峰缈，霞飞玉带村容晓。

花月镜中悬，仙人岭上眠。

岁华流水里，清抱何时已。

依旧碧瑶天，神州尽少年。

西江月 · 大纵湖芦荡迷宫

百里轻舟湖荡，两三飞鸟青阳。

棹歌起处水微茫，恰似人行云上。

风载蒹葭往事，路迷沙渚烟光。

盐都佳境自无双，翻作人间绝唱。

临江仙·盐城大纵湖

浩荡风生绿屿，迷离日下吴天。

山云芳树渺如烟。

渐红灯夜彩，新落板桥前。

长忆卧冰锦鲤，时惊饮马奇篇。

潜龙呼啸出苍渊。

歌同环珮起，梦与水精圆。

南京行吟 （七首）

玄武湖

台城烟柳渐昏茫，云色氤氲湖色苍。

灯火遥辉千古事，星光初透万年觞。

鹤归翠岛心猿静，龙起青溟鱼浪狂。

夜半丝桐犹未散，芙蓉开在水中央。

南京行吟（七首）

南乡子·鸡鸣寺

满眼佛光柔，塔影斜阳掌上浮。

宝刹玲珑山色老，清幽。

千石钟敲万木秋。

不见古人愁，井上胭脂依旧流。

借得寺前花一朵，登楼。

待把尘机问比丘。

南京行吟 （七首）

浣溪沙 · 雨中游梅花山

雨过江南软似纱，钟山柳破小黄芽。

烟梢千点驻梅花。

何处暗香留碧月，几时疏影醉流霞。

孙郎遗绪满青崖。

南京行吟（七首）

浦口之水墨大埝

曚昽天色涌青岚，

水上萍浮舟两三。

爱此秋光如故友，

画中流出小江南。

南京行吟 （七首）

浦口之西梗枯荷

远望枯容欲画难，

亭亭立到雪楼寒。

几时腊破东风里，

涌动池心一寸丹。

南京行吟（七首）

浦口之不老新村

烟开江浦翠光新，

恍见桃花洞里人。

信是此间春未老，

不知何处有红尘。

南京行吟 （七首）

浦口之楚韵花香

又见枝头蝴蝶飞，

万花如雨翠烟微。

汤泉亦解缠绵意，

要带清芬两袖归。

兴化千垛油菜花

世有琼田何处寻，

黄花千亩见春心。

江南一夜东风起，

欲洒人间遍地金。

丹徒宝堰新貌

风过江东带浅寒，楼头深巷见幽兰。

波平晓日橘犹绿，山抱红陶秋未残。

宝堰疑从云上落，磨盘长向忆中看。

当年几度烽烟起，十万英雄未下鞍。

泰州风光

人道江淮第一流，风光更在最高楼。

满城星雨惊初识，千里云岚作胜游。

笔走西窗思化蝶，樽浮北海起飞鸥。

九州春远君何在，快放长波送我舟。

盐城望海楼远眺

万里春回海上楼，来凭杰阁瞰神州。

盏中碧绮随云起，林下红波濯锦流。

但使风光迷白鹿，空将人事问沙鸥。

只今更望沧溟远，暂唤山樱作我俦。

吴中勝槩

盐城大洋湾

人间何处古瀛洲，

百里清芬漾月流。

谁道梦如春水浅，

晚莺声里共登楼。

夜赏大洋湾樱花（一）

万树梢头翡翠光，

与君裁作紫霞裳。

今宵应自花前过，

莫负缤纷一段香。

夜赏大洋湾樱花（二）

翠绾轩窗竹影斜，

玲珑枝上见樱花。

春风一片波中起，

好借琴声煮晚茶。

溧阳天目湖

湖上开天目，眸光入翠流。

帆从云顶白，花自镜中柔。

春日惊芳蝶，长风送雪鸥。

佳盟期再结，契阔溧阳州。

扬州红桥湿地公园

梦里寻来是此桥，

溪山又涨广陵潮。

春阳淡仁红栏外，

来看清风拂柳腰。

诗 e 中 国 行 之

美丽内蒙古

青山书角遐想

总把青山作好书，晴光水色每相呼。

宜人芳草留佳想，似海黄沙作壮图。

灯火依稀情未了，关河左右意何如。

但知世上千金价，难买东坡满腹珠。

乌兰察布岱海引黄工程

遥凭大漠瞰三湖，

来绘神州绝妙图。

引得大河千里水，

乱银盘里滚珍珠。

舟泛岱海

舟向平湖阔，波光醉眼新。

远山明作画，岱海灿如银。

风过蒹葭舞，云同鸥鸟亲。

天渊安可渡，到此问迷津。

横穿锡林郭勒大草原

马蹄掠处响吟鞭，

风过高原翠接天。

腋下再生双羽翼，

悠然飞到万年前。

乃林河

乃林何曲水何长，

秋色撩人草亦香。

许是桃源今又见，

渔舟斜照两微茫。

浣溪沙·库布其治沙工程

沙响湾头天欲黄，横斜雁字又南翔。

旷原八月起星霜。

买却春光皆著柳，赊来花事尽开阳。

风回大漠绿荫长。

木兰花·库布其光伏基地

秋原明灭生奇彩，晓日破空分嫩霭。

葱茏草色洒西蒙，无尽沙洲吹碧海。

志存家国何慷慨，身许治边归九塞。

唤来北斗在中天，电走金芒乾象外。

临江仙·宝格达乌拉国家森林公园

闻道东乌风解语，溪山花绽金莲。

兴安北去杳如烟。

梦惊空翠里，书寄水云间。

不觉清秋松露冷，冰心一点初圆。

更邀黄鹤访真仙。

天涯歌万迭，共我谢婵娟。

正蓝旗金莲川草原（一）

恍如身在白云边，

梦里敖包没远烟。

舞罢金莲人不见，

晚风倾倒夕阳前。

正蓝旗金莲川草原（二）

旷原纵马踏琼英，

来借东风入上京。

最喜峰头青翠色，

也随芳草送人行。

正蓝旗金莲川草原（三）

对酒不知清夜临，

莲花露洒满园金。

莫言此去江湖远，

九月鹰回是我心。

甘肃吟草

临潭冶力关小镇之高原风貌（一）

万峰层叠水悠悠，

恍似江南七月秋。

白玉桥亭歌不尽，

缤纷红雨满枝头。

临潭冶力关小镇之高原风貌（二）

高原渐起碧云横，

耳际风声共瀑声。

阅尽千年茶马事，

欲随天雁又新征。

敦煌月牙泉

翠涌层楼出晚霞，

波光摇碧入银沙。

只因月色清如水，

故有仙泉唤月牙。

玉门关

关楼接大漠，鼙鼓动天声。

塞上金汤固，陇中壁垒横。

晴辉明朔野，佳气满边城。

谁在西风里，悠然忆远征。

莫高窟

断崖壁立插云霄，佛国峥嵘去岁遥。

瑞彩千年犹不改，灵花五色未曾凋。

弦挥袖底昆仑月，管起楼头瀚海潮。

掌上秋高堪逐日，经中似有马蹄骄。

水龙吟·雅丹国家地质公园

云边落照苍茫，倩谁西指瑶台路。

黄蒿涌动，丹峰耸立，乱崖无数。

戈壁残烟，空城清角，繁星棋布。

借秦时明月，纤尘洗却，更谁舞，

神仙斧。

俯仰洪荒我主，道曾经，海翻雷怒。

电光石火，霜飞骐骥，草奔狐兔。

疏勒天清，祁连秋晓，斯人何处？

正银驼万里，雄关百二，曲狂如鼓。

沁园春·黄河石林

九折洪波，一线天开，势耸绝峰。
尽嶙峋崖壁，神工化女；蜿蜒峡谷，
鬼斧横空。狮卧雄关，鹰环紫塞，
马踏流星日在东。依稀见，又征帆
竞发，浪激苍龙。

回眸清气如虹，更千古风流谁与同。叹汩罗屈子，楚骚安续；沙门玄奘，宝筏难通。剑辟书山，旗辉笔柱，西北从来多俊雄。欣归去，正云来掌上，月到林中。

水调歌头·永泰龟城遗址

边塞烟尘古，漠北水云黄。举头残月明灭，野色满胡杨。险设孤城铁瓮，要控龙沙绝域，烽火没穹苍。虎卫关山久，风起笛声长。

人何处，秋未老，事昏茫。心头鼓角悲壮，匹马下西凉。欲效骠姚许国，更羡文渊投笔，旆影耀天光。草白金鹰疾，碧落任翱翔。

北京吟草

卜算子 · 京华新景

酒暖小红炉，花绽欢歌里。

雪化楼头料峭声，坐沐春风起。

何处问清华，爱此年光绮。

水样蟾辉照我来，一片心如洗。

春夜

银灯玉焰幻虹霓，如水流光天亦迷。

岁后梅英辉月彩，风前柳翠入春溪。

七星剑映南山老，万卷书翻北斗低。

欲寄新词犹未得，隔窗遥听一声鸡。

浣溪沙·癸卯恭王府海棠雅集

莫让春眠误海棠，梦中佳处是瑶芳。

吟香曲共柳丝长。

锦绣涵胸明远絮，丹青唾手淡斜阳。

流杯犹泛百年光。

紫竹院中秋赏月

楼头月待景朦胧，休问蟾宫路几重。

澄碧双渠金缕细，福荫紫竹桂华浓。

高谈欲唤文津鹤，雅唱如敲古寺钟。

撷取秋光清一片，今宵醉醒俱从容。

浣溪沙 · 紫竹院雅集

竹影回廊入碧丛，海棠开处玉玲珑。

并州人在彩云中。

眼里瑶笺裁作月，掌中银剪幻成虹。

宝光渐起五湖东。

临江仙·辛丑恭王府海棠雅集

风暖长街杨柳，春浓深巷青棠。

满庭花木竞芬芳。

枝头闻燕语，座上见诗光。

高下千重紫气，蒸腾万丈朝阳。

神州箫鼓正轩昂。

海门声浩荡，天宇任翱翔。

远望故乡

浅红深绿两缤纷，

垂柳依人酒半熏。

梦里江东归去远，

风中犹带五湖云。

客里清明

萱草如烟景不真，

风霜瘦损百年身。

仙山千古知谁见，

唯有芬芳近故人。

夏日乡思

蝉声数点入明堂，斜倚高楼近夕阳。

风度红云飞在手，星铺碧汉缀成章。

凝眸客路烟尘渺，回首家山草木芳。

幽思夜来千万种，愧无奇藻赠年光。

浣溪沙 · 京华消夏

初上华灯千万支，蝉鸣声里柳参差。

楼头歌管月来时。

欲借行云裁宝扇，轻斟红酒劝芳卮。

河桥离绪已如斯。

岁暮有怀

湖山千古水云身，百载流光作电轮。

燕北川平堪纵马，江南雨细可留人。

月因痴想天难老，鸟自呢喃草亦芬。

最是乡思挥不去，今年梦逐去年新。

贺新郎·壮美神州

枝上霜威歇。看中霄，回鸾舞处，瑞浮京阙。恰值路开春色好，冉冉繁花似雪。数不尽，九州清绝。纵揽山川三万里，有楚骚、五彩光难灭。诗国梦，更如铁。

百年不废文心热。问谁人，临空又唱，蓟门千迭。风送长波津涯阔，袖底珠玑澄澈。再唤取，云帆一叶。要上星河邀太白，听声来、天外奔雷裂。小宇宙，待飞越。

宁夏吟草

浣溪沙 · 黄河漂流

东去黄河势未休，长风吹筏向中流。

连山翠色满洲头。

河是沙魂难照月，沙为河骨可听秋。

古今人似往来鸥。

菩萨蛮·腾格里沙漠

金波横卷三千里，驼峰遥自天边起。

歌啸塞云长，草分斜照黄。

心头沙似雪，丝路风如铁。

瀚海唤孤舟，望中无限秋。

贺兰山

云端嶂列百千重，天马奔来海岳空。

剑气蒸腾明灭外，鏖光隐约有无中。

思随秦塞惊荒雁，梦起银川贯碧虹。

莫道九边秋渐老，长松十万啸西风。

海南吟草

五指山

山如五指插晴霄，缥缈群峰积翠遥。

仙掌烟凝霜露白，鹤林日涌火云骄。

弓张满月辉青嶂，旗领长风唤夜潮。

又见春来南海上，琼芳万点下清寥。

鹊桥仙·儋州东坡书院

烟梢滴翠，黄英浥露。往事缤纷谁诉。穿花倍觉俗尘清，爱风里、书香如故。

沉浮宦海，铿锵诗路。载酒人归何处，天涯又见月婵娟，应未把、秋光辜负。

陕西吟草

西安赏梅 (一)

谁忆在长安，

华清草色寒。

风中梅未放，

为待雪团团。

西安赏梅（二）

冷香隐隐隔尘埃，

梦里寒梅对我开。

欲寄梢头春一叶，

无边红紫逐人来。

黄陵

黄陵苍郁气如磐，

千古碑书迹未残。

一上桥山天地小，

独留好景此中看。

府谷千佛洞

欲随白鹤上高台，

洞里春秋次第开。

我佛亦知风雅事，

禅光一缕度人来。

府谷府州城

秋风吹过石头城，似对斜阳弄玉筝。

山拥楼台深巷占，潮连秦晋大河横。

闾阎犹见英雄气，庠序仍余圣哲声。

最喜川原云五色，桑田千亩待耘耕。

商洛新农村

村上回廊透翠华,

园庭烟墅唤谁家。

东风未负殷勤手,

星雨催开万朵花。

商洛金凤山

白云飞处接青芜，

万树秋红九月初。

信是商州风景好，

浑金洒作凤山图。

延安宝塔山

望中古塔气豪雄，犹带千年霹雳风。

绝顶云疑春染碧，当头日似火烧红。

大旗已卷神州北，斗柄堪辉玉宇东。

延水翻腾山下过，涛声更比鼓声隆。

黄河壶口

大河跌宕几时来，万古峰高铁锁开。

白雨连空堪溅月，寒声破壁欲喷雷。

云中龙自涛头起，天外鹤从川上回。

心有遥情何所寄，快呼浊浪入银杯。

湖北吟草

黄鹤楼

楼头风雅自无伦，旷古光华已绝尘。

鹤过遥山留晚翠，舟犁白浪壮吟身。

临江可唤笛三弄，倚石应留笔万钧。

至此心澄如月朗，诗骚本色在天真。

襄阳古隆中

琴声扇影俱朦胧，秋在襄阳碧翠中，

松坞渐开人我境，草堂能抱古今风。

月明二表心犹壮，鼎定三分事不空。

最是锦囊辉宇宙，青山横处起惊鸿。

枣阳无量台

群山遥拱帝王台，翻滚长波史上来。

千里流霞春染碧，四时芳径雨催开。

至今霸业思光武，谁复清音辨异才。

策马英雄犹健在，如雷声已动天垓。

鹧鸪天 · 枣阳白水寺

白水风清野色长，空山烟似武陵乡。

听禅何处真虚静，入梦青葱出混茫。

池饮马，剑生光。龙腾金井在高阳。

待教秋到云台上，韵自淋漓菊自黄。

浣溪沙·襄阳汉城新景

浓淡花光乱眼迷，汉家烟雨傍人低。

城头风振羽林旗。

杯涌乾坤涵霹雳，天开箫鼓绽虹霓。

莺歌遥落角楼西。

浣溪沙·鄂州中秋

谁洒清辉入玉壶，桂花千点似珍珠。

诗凭佳气寄真吾。

谷涧风回仙客笔，石门云净故人书。

快乘黄鹤下天都。

广西吟草

荔浦天河瀑布

珠翻潭影翠光柔，

涧底花飞万树幽。

欲使尘心空似镜，

故垂白练洗清秋。

凤山美景

金光万点接重霄，醉里江洲紫翠娇。

凤起林梢秋渐晚，天生桥上事何遥。

蒹葭已谱鸳鸯曲，霜露新催薜荔潮。

不用世间明媚色，白云赠我烂银袍。

初到梧州

谁将百越一灵珠，翻作红尘绝妙图。

云气蒸腾龙未远，夕阳浓淡鹤来孤。

天移山火明瑶海，石炼井冰辉玉壶。

恍见秋风千丈里，联翩彩翼下苍梧。

浣溪沙 · 梧州之六堡茶

波泛清芬六堡东，渺绵嘉气泛千重。

满山翠影漾轻红。

春老方知茶味绝，秋来始信客思浓。

此心已似碧云空。

大
澤
口

東
屯
草
堂

猪頭山

白鹽

白廳山

瞿唐峽

黃汗

按水經瞿唐廣澳灘
蓋三峽之巳三峽者巫
山興山黃牛也古歌云
巴東三峽巫峽長

白帝廟

三峽堂

趯堂

白帝城

拜潼廟

慶府至歸州
二百二十五里

䕫子

高齋

獅子石

赤甲

瞿唐關

臥龍山

奉節縣

重庆吟草

摊破浣溪沙·武隆龙水峡地缝

一线云开照露盘，峥嵘绝壁出霞关。

白瀑联珠声细细，向人弹。

险境时从佳境取，诗情每借逸情还。

心似山枫池畔立，起微澜。

武隆天生三桥

谁筑奇观到九重，

崖开千仞见仙踪。

瀑飞潭底三星动，

道是西南起卧龙。

武隆仙女山大草原

清风翡翠满秋原，林涌涛光浸碧天。

奶酒浓时香霭细，牧歌起处暮虹悬。

中宵月影明如洗，旷野霜华夜未眠。

仙女而今安在否，梦中恍至五云边。

芙蓉洞

洞中真气古，四季绽芙蓉。

宝筏随风过，珊瑚点水红。

石翻珠灿烂，灯洒玉玲珑。

得此天然态，尘心清若空。

鹧鸪天·白马山天尺情缘景区

飘渺烟岚拂绿纱，灵台琴语动苍崖。

几回并蒂杯前影，谁识同心雨后芽。

呼白马，入丹霞。月斜风物愈清佳。

山中曾记仙人约，莫忘天街夜半花。

浣溪沙 · 垫江牡丹园

风过西南别有春，天池红绿已缤纷。

檀心一点绝纤尘。

月本无心方自在，香非刻意始天真。

最难得是解花人。

奉节天坑

远山浓淡晓云横，

脚下风声带水声。

莫道岩阴山寨小，

翠微深处一天坑。

地缝

一线天开百丈深，

风来洞里昼沉沉。

行来借得黄昏色，

好与山翁取次斟。

夔门

大江日夜送潮来，万古雄关水上开。

壁峻难寻林外雁，崖危能扣月边台。

公孙霸业成千载，诸葛声威遍九垓。

绝顶已涵天地气，飘然云锦共谁裁。

山东行吟

浣溪沙·庆云北海公园

千点红飞春未残，平湖影绕数重山。

沾衣晓色有轻寒。

石作钓台元有待，云如游子两无端。

姑溪词彩起回澜。

庆云海岛金山寺

汾水潺湲绿岛孤，千年佛国一尘无。

江流烛火思玄奘，风度经声入玉壶。

欲借菩提知法相，遥凭明镜照心珠，

古来万象殊难辨，幸有青瞳未肯枯。

潍坊滨海盐田

海国风来水色凉，城头蜃景接元阳。

霞明岛外金鳌起，秋涌帆前彩鹬翔。

百里蓝田堪种玉，千堆白雪自生光。

行来恍坐天池畔，来看琼瑶取次芳。

潍城万印楼有怀

香满芙蓉道，凭风上玉楼。

缥缃浮日月，钟磬接商周。

学富千年印，名高万户侯。

但闻金石响，犹向座中流。

潍城十笏园新景

四时佳气满园中，曲径回环入翠红。

霞落亭轩歌远近，香浮砚石玉玲珑。

文章已共生涯老，世事难随梦境空。

深柳依然人不再，秋声遥在短墙东。

青州范公亭

乐忧明训已千年，犹有遗风动醴泉。

袖底清波明似镜，阶前垂柳细如烟。

信知怀抱能涵月，自有文章可倚天。

一枕小亭幽梦里，心香散作绿荷圆。

新泰和圣园

寸心澄澈自无埃，

翠柳枝头玉鉴开。

风物犹怜和圣在，

先教春色此中来。

西江月 · 新泰青云山庄

借得满池烟水，来换七彩瑶光。

青云何处送归航，春在波心荡漾。

笔下风回玉带，樽前露滴霓裳。

今宵欲宿镜湖旁，细听沙鸥浅唱。

雨中登新泰莲花山

天绽莲花泰岳东，宝山无数入青瞳。

势分九瓣知时健，形拱三齐说岁丰。

汉武云飞春似梦，慈航雨润锦成丛。

风光绝顶今难见，期有祥辉照远空。

重登新泰莲花山

天门开处泛烟光，一叶一花何渺茫。

风动危崖声断续，云飞绝谷影昏黄。

晚钟远近思村路，夕照迷离入酒觞。

只是年来心渐老，风前辜负杏花香。

浣溪沙·日照"水林花海"

花气侵人柳四垂，湖心白鹭往来飞。

满山紫翠送春归。

情注桑田浮绚彩，力开沐水见高辉。

如霜明月展天眉。

初到汶上

春来汶水看斜晖，

风过长堤送燕飞。

满眼尘波三月里，

轻红一点绿初肥。

临清鳌头矶

轻鞭遥指古鳌头，高鸟飞来欲上楼。

云破台城千里月，潮平玉带百年秋。

依然灯火参差见，不复关河日夜流。

风过忽惊星汉动，黄花红叶满神州。

浣溪沙·临清宛园

秋到林园淡欲无，谁携暮色入冰壶。

菊开石上画难如。

曲径光浮堪照月，池塘春绿可观鱼。

梦中疑入谪仙居。

鹧鸪天 · 东阿药王山

洛水神山俱万年，丹阁独出五峰前。

风回瑶草垂清露，香散琼花入翠烟。

开圣境，觅奇缘。杏林何处有真仙。

须知春暖悬壶里，便是人间小洞天。

泗水砭石

眼浮七彩耀霓裳，

疑是蓝田白玉光。

此物缘知堪作磬，

却留人世辨温凉。

泗水泉林

陪尾清幽影殿空，仙源一脉接天东。

霞飞春梦归玄鹤，瀑挟长歌泻碧虹。

川上如斯今古事，世间我亦往来风。

可人泉涌珠千斛，似有金声到耳中。

即墨马山地质公园

明水洪崖不计年，昏茫草树接遥天。

马驮岁月归寒岫，龙借霆雷出碧渊。

万古乾坤金柱涌，双清海岳玉虹悬。

山中不见仙人在，只有清风送晚烟。

淄博周村印象

马蹄踏破五湖秋，醉里村烟上小楼。

节近重阳霜雁远，路遥千里晚英浮。

盈眸玉叶金如染，入口琼酥香欲流。

幸有故人长忆我，且随雁影到淄州。

巨野金山

岱岭横开碧落中，漫山云树正青葱。

天门日暖浮金鸟，洞府烟深涌白虹。

渐老春秋如隔世，远游形影任飘蓬。

笔端唤得清虚境，一句悠然百虑空。

浣溪沙·寿光生态农业观光园

泼彩园田缀锦村，瀑光月影共黄昏。

椒红茄紫正缤纷。

五色土生桑梓梦，九重天散凤凰云。

人间种出四时春。

破阵子·寿光巨淀湖红色旅游区

帆自湖心西去，鹭从苇上徘徊。

菡萏花浓摇绿垛，翡翠湾开接落晖。

流光转瞬飞。

风似潜龙举甲，月如织女凝眉。

八卦玄机涵电火，神器千钧响霹雷。

大潮天际归。

昌邑博陆山

红崖色涨乱云深，迢递山阳入翠林。

松竹曾留名士笔，沧桑未改故园心。

花香馥郁犹堪度，仙境空明不可寻。

潍水东流千载后，秋风往事已如金。

浪淘沙·昌邑绿博园

垂柳拂朝阳，塔影云光。

林中花气绕回廊。

万古天音谁识得，飘渺霓裳。

白水亦生香，鸟语悠长。

伽蓝开处即心窗。

绿满楼头秋一点，共我成双。

鹧鸪天·青州驼山

天河如玉漾遥空，眉边幽岭起长虹。

云笼石窟三千载，日上梯崖十万重。

今古事，往来风。晴光照处旧题浓。

明驼不肯逍遥去，佛在连山紫翠中。

威海"华夏城·夏园"

数朵嫣红入浅塘，

清风柳影共秋光。

回眸华夏烟岚里，

坐爱高城沐暖阳。

威海"华夏城·太平禅寺"

爽气东来月正明,无边翠涌海波行。

高低佛阁如云密,远近禅钟似梦轻。

眉带林泉生宝树,笔涵风雅灿琼英。

阶前除却尘千点,可放初心鉴太平。

郓城宋江湖（一）

十里秋红送客舟，

暮云暧瓍水长流。

湖山如锦城不夜，

都在琉璃杯上浮。

郓城宋江湖（二）

此中风景似瀛洲，

万朵芙蓉映彩楼。

回首方知人易老，

何堪辜负一湖秋。

禹城禹王亭

清阶百丈碧云悠，禹迹千年犹在眸。

曾挟狂飙归海渎，长驱大泽入溟陬。

松筠满座余香永，草露沾衣绿影稠。

遥指具丘山下路，神光依旧射斗牛。

到高密

为看高粱映酒红，暂凭细雨过胶东。

忆中相国天边月，梦里司农座上风。

伤古只因情未了，埋愁更有句难工。

康成书带知何处，且放秋声入碧丛。

红高粱基地风光

谁唱人间好个秋，青纱十里夺人眸。

纷红缀陇明如锦，乱碧凝烟滑欲流。

风月未随人事远，芳菲却共玉醴柔。

今宵若许刘伶在，醉倒千年古密州。

浣溪沙·高密龙潭

似见神龙下玉京，好风吹动一潭星。

耳边隐隐响雷霆。

秋满长天云影淡，歌飞密水笛声清。

鳞光掣电动沧溟。

黑龙江吟草

初到冰城

流光莫道太匆匆，

春在桃花深处红。

已共清宵成一醉，

狂歌千盏寄深衷。

五大连池（三首）

温泊景区

恍似罗浮梦里还，

烟霞紫翠共斓斑。

仙人凤舞芙蓉水，

洒落连城玉一湾。

五大连池（三首）

老黑山火山口

百万霆雷动九天，地生烈焰是何年？

崖浆迸处山争裂，石浪奔时海欲煎。

龙起苍渊堪对酒，虎腾绝壑可谈玄。

大千独有通灵手，赠我松涛太古前。

五大连池（三首）

鹧鸪天·天池

何处移来小洞庭，湖天融澈碧云轻。

帆前滩籁惊猿卧，衣上波光送鹤行。

分玉叶，煮琼英。远山拥翠入沧溟。

一声长笛鱼龙起，再约龟年醉里听。

广东吟草

春到罗浮山

鹤起罗浮自不群，

杨花如雪雪如君。

岭南春色明千里，

来照高琼入碧云。

秋到罗浮山

蓬岛南移许万年，宝山揽翠出尘烟。

云翻白鹤迷香国，夕度青牛入洞天。

金鼎丹红堪抱朴，玉坛经古可师贤。

苍茫湖海今谁在，眼里松萝即大千。

南天湖赏梅

天在湖心湖在天，

清波远隔路三千。

忽闻潮汕梅初放，

来贺花中第一仙。

到岭南

海上潮奔涌万商，金辉墨彩两飞扬。

谁分春色来南岭，独有天声动楚湘。

松鹤多情人不老，湖山无恙意何长。

乱红八月纷如雨，莫若诗花一点芳。

浣溪沙·岭南秋色

又见岭南花满窗，烟鸿遥共翠云长。

心旌千里有诗光。

笛响楼头潮拍岸，风来座上句生香。

万千秋色壮新航。

梅州雁洋镇

雁上高天枫正红，来凭秋色拜英雄。

尘沙难掩龙形势，岁月长留虎旃风。

事往几时声磊落，幽居空处句峥嵘。

沧桑阅尽丰碑在，五指峰如碧玉葱。

浣溪沙·深圳莲花山公园

山是莲花花是山，红浮香浪绿回环。

白鸥如雪下湖湾。

雄笔堪题千载梦，明珠能吐十分圆。

南巡今又几多年。

浣溪沙·深圳玫瑰海岸

日落沧溟海宇空，远山如玉碧玲珑。

玫瑰千朵逐人红。

帆影时回轻霭里，滩声长绕楚云东。

一樽秋色淡还浓。

深圳大鹏所城

排牙葱郁起高鹏，雁阵云光自纵横。

天半潮回龙虎势，城头风鼓电雷声。

山留爽气秋如画，地作琼田海可耕。

虹彩正摇鳞甲动，再驱锐旅辟新征。

鹧鸪天 · 夜游惠州西湖

丰渚烟霞浣碧流，松风满径晚来幽。

梦中怀抱应疏放，画里湖山自拍浮。

邀远客，唤眠鸥。朝云居士两无俦。

西湖已被声名累，何计杭州与惠州。

福建吟草

浦城九龙桂树

梦中丹桂绝尘埃，

蕊挂枝头尚未开。

能使香飘千载久，

若非异种即仙胎。

浦城镇安桥

一桥横亘贯西东，

恰似遥天落碧虹。

何惧风高波浪涌，

神乌永镇水晶宫。

浦城观前村

山如金斗翠如流，

二水烟开八月秋。

最爱仙霞经雨后，

来看白浪拍江楼。

际岭村

百里山风涌翠岚，村居错落近云端。

楼头雪彩兰初白，篱畔冰枝桂末丹。

岩似乡邻邀旧识，瀑如琴瑟倩谁弹。

遥看南浦江头月，已共秋芦舞作团。

浦城八景之匡山晓日

漫山烟霭尚朦胧，崖嶂巍峨日渐东。

石斗连天浓淡绿，芙蓉带露浅深红。

鸟啼树杪歌千点，云起亭台玉一丛。

此是人间真妙境，仙娥似在有无中。

西江月 · 浦城访桂

醉里满城丹桂，窗前一盏新醅。

中天风露动珠辉，坐待浓香如沸。

夜放千年幽翠，枝摇万点芳菲。

玉楼深处影低回，只恐今宵无寐。

临江仙·浦城西山

云度仙阳秋欲绽，望中枫紫橙黄。

满园草色竞年芳。

堂前金鼎古，壁上篆烟长。

觅得西山真隐处，何堪往事微茫。

力明正学有余光。

孤标能续绝，清节自轩昂。

鹧鸪天·南浦溪

满径苍松入翠烟，白云潭落九重天。

瀑飞绝响金钟远，龙卧西山玉露圆。

斜照外，小村前。溪头芳草倍缠绵。

渔梁一去归来晚，花在风中相对眠。

莆田行吟

天马阁品荔枝

千枝新绿护轻红，

指上香飞白玉丛。

忽觉楼头风四起，

快乘天马下闽中。

鹅尾山神石园

鹅生千万载，水国不知年。

斧劈幽崖裂，戟飞灵洞悬。

金山留我祖，苍海礼真仙。

一日鱼龙起，清光在九天。

湄屿潮音

屿浮鸥鹭远，万里大潮来。

磬响笙簧应，鼓敲金石开。

天风明野色，水月净心埃。

醉里悠然去，为寻读海台。

九鲤湖

遥听奔雷下碧湖，迷蒙丝雨有还无。

九仙丹化千年玉，双凤翎翻五彩珠。

日挂石门惊落叶，钟敲山霭起浮图。

心期已到蓬莱上，洞口青云自可呼。

莆田行吟

鹧鸪天·湄洲岛

万顷琉璃涌绿眉，梦魂已逐碧云飞。

树红天锦思南国，风带琼英入晚晖。

怜世事，每相违。望中帆影接天回。

东坡去后知谁在，沧海凝成白玉杯。

上杭临江楼

楼头四望阵云空，

楼下长波日夜东。

往事缤纷犹在眼，

黄花一树冠千红。

山西吟草

河津真武庙

谁护九峰还，长松掩紫关。

鹤来花影淡，麟卧月眉弯。

物我三清外，阴阳一夜间。

修行能到此，随处是青山。

河津龙门

绝壁横开万古雄，天梯千尺渐朦胧。

浪回秦晋思渔父，烟过陕甘迷断鸿。

玉女莲开桑峪北，桃花风起大河东。

舟头又听奔雷响，欲上昆仑接太空。

鹧鸪天·山西黄河第一湾

日耀澄空舞绣鸾，云开塞上照晴澜。

乾坤妙造无双境，太极初生第一湾。

清涧曲，石楼环。天边新绿满秦川。

长河秋色浓如酒，都在心头不忍删。

初到杏花村

风中遥见酒旗斜，

一片浓香出杏花。

忽有村头来去燕，

也随醉影落窗纱。

杏花村遇雨

白雨淋漓夜未昏，

清风何处杏花村。

寻来已是千年后，

依旧杯中似玉温。

赏杏

芬芳三月晋阳春，

粉蕊流丹欲山尘。

燕语玲珑谁得解，

杏花满眼唤诗人。

临江仙·高平良户村蟠龙寨

奋翅山开秋水碧，蟠龙势压狼城。

风前遥对紫云横。

影随阁老古，歌送玉人行。

甲第门楼辉福海，玉虚真境空明。

晚来香似绿荷倾。

去来皆似梦，谁记我曾经。

鹧鸪天·钱江新城

红叶清风振碧晖，秋光浓淡雁声飞。

楼头夜唱谁家曲，对酒频传竹叶杯。

邀太白，唤星魁。风骚大雅许追陪。

但期潮涌钱塘日，来听惊天十月雷。

杭州孤山早梅

春来一点是梅芳，

化作清思天样长。

莫到黄昏悲独坐，

眉边花影满回廊。

采桑子·雨中游杭州西湖

连天雨共湖山渺，堤外春波，

堤上烟萝。袖笼清风起棹歌。

断桥何处双栖鸟，柳未婆娑，

岁又蹉跎。一寸诗心待月磨。

安吉石马白茶

最爱春山白玉芽，

野泉珠泛凤凰花。

欲骑石马分茶去，

好借清芬送晚霞。

浣溪沙 · 丽水应星楼

谁放高鹏上碧空，缤纷楼彩耀长虹。

凌云气势满湖东。

观象自能明顺逆，凭虚应可悟穷通。

呼将北斗照灵丛。

浣溪沙·遂昌金矿国家地质公园

石径清幽翠蔓深，紫光一点没遥岑。

洞中天地与谁寻。

矿井渐开唐宋月，金池纷杂往来心。

崖边新绿动春襟。

雨中重访国清寺

西风吹动一声钟，雨洒天台翠几重。

云气凝成金舍利，烟光吐出玉芙蓉。

不知石上梅花早，惟觉窗前贝叶浓。

来岁五峰三月里，焚香再觅旧行踪。

嘉兴南湖

又见南湖七月秋，杜鹃花满碧山头。

长天鹤舞晴晖动，瀚海鸥催曙色浮。

磊落金星垂宇宙，飞扬赤帜壮神州。

世间多少风云气，尽涌红船誓激流。

三过萧山渔浦

波光摇处浅深红，

细雨飘来浦色中。

一点秋声留不住，

随风洒入水西东。

萧山义桥八景（选五）

横塘棹歌

江中往事满壶觞，

花自妖娆草自芳。

莫道渔歌声未起，

漫天帆影下钱塘。

萧山义桥八景（选五）

寺坞云岭

遥天日涌宝云横，百丈峰高紫翠明。

石卧苔岚春夜枕，松悬烟瀑晓山屏。

眸中鹅影随风起，山上龙珠带月倾。

寺在岭中犹未见，花光依旧照人行。

萧山义桥八景（选五）

浣溪沙·渔浦烟光

岭上云岚久不开，望中碧水近瑶台。

流连未觉有轻埃。

绿岛人回歌未了，越堤梦冷句难裁。

涛光如雪自奔来。

萧山义桥八景（选五）

鹧鸪天·凤仪桥韵

隐隐蝉声没晚烟，两三白鹭影联翩。

朦胧村景还如许，寂寞湖光犹可怜。

杨柳外，藕花前。软红蝶梦是当年。

只今春去孤蓬老，我在桥头凤在天。

萧山义桥八景（选五）

行香子·里河古街

幽静门墙，曲折回廊。依稀见，

满院浓芳。千年河埠，百里烟光。

对青街直、青霞老、共昏黄。

几多世味，几许柔肠。莫徘徊，

负却流觞。桃花巷陌，渔父斜阳。

想往来人，往来事，俱微茫。

衢州烂柯山四绝句

一线天

耳畔天音杂梵音，

峰巅云树拂人襟。

谁留一线神仙眼，

来看红尘万古心。

衢州烂柯山四绝句

青霞洞

烟浮竹径树声开，

梦里秋桐飞满台。

欲借长空呼白鹤，

青霞又过此山来。

衢州烂柯山四绝句

樵隐岩

细雨潇潇挂绿萝，

漫天花影自婆娑。

千年未觉春秋老，

但问人间岁几何。

天生石梁

危梁横绝九霄东，

势倚三衢贯碧虹。

眼角星河连上界，

天生佳境画图中。

鹧鸪天·衢州首届全民饮茶日

家在江南烟雨中，三衢西望愈葱茏。

云来龙顶方山碧，月上桃溪玉露浓。

天作盏，海为钟。清香遥透紫微东。

牡丹洗尽风尘色，要唤流华下九重。

龙游绿葱湖

何处云深万壑松，湖高百丈有潜龙。

梦回竹径春光浅，心近村阴野色浓。

自在红飞缥缈事，迷离翠抱古今踪。

山莺见我如相识，邀入琼台又几重。

灵江远眺

万年江水自西来，

满眼家山迤逦开。

峰有高低如世态，

天留正气作惊雷。

岑山秋晚

黄叶归来风有色，

海棠开处月无声。

谁知冷夜星霜里，

秋在归途第几程。

浣溪沙 · 故里清明

冢上斜阳入骨明，杜鹃声老怎堪听。

耳边隐隐似叮咛。

春絮飞时人不再，榆烟浓处鬓还青。

飘零心绪已难平。

开化钱江源

大江源辟两山开，

涧草岩藤取次裁。

白水一湾催月去，

天风百丈送潮来。

水调歌头·开化山水

雨洗遥天净，翠黛满秋山。云光浓处，乾坤真气出林端。疑化栋楹玉陛，再造清都佛阁，杰构渺烟寰。神接鸿蒙外，日月涌仙班。

峻谷青,霜根老,桂华寒。伐毛换骨,

龟凤随我入芹川。更向故园高卧,

俯瞰钱江浩荡,宇宙一何宽。胸境

留奇彩,谁与酌霞丹。

常山奇石

山中惊楚璧，谁掷在人间。

灵合风雷势，气寒神鬼鞭。

清辉浮玉树，碧彩出尘烟。

此去青霄近，悠然太古前。

常山宋诗之河

满眼诗光映水光，岸风吹雨过垂杨。

人来古渡花争放，梦醒高台酒自香。

村舍依稀惊日晚，弦歌婉曲隔云长。

梅黄时节知谁健，再约苏辛共远航。

瑞安玉海藏书楼

天放浓香拥翠楼，琴西往事尽风流。

玉涵瑞彩百年梦，海涨洪波一色秋。

不语缥缃怀抱在，多情桃李岁华悠。

心头无数佳山水，独有书光照我眸。

明清古街（一）

杏花往事杳无边，

灯火楼头又百年。

偶入松阴深巷里，

来听细雨落丝弦。

松阳行吟

明清古街（二）

晚香犹共老街明，

石板春风误我行。

无数江村烟火色，

炼成万缕古今情。

大木山茶园

花山百里宝光浮，万象已同斜照悠。

绿叶葱茏犹待剪，新枝绰约正堪酬。

带香水阁浓还淡，分影壶烟细复柔。

爱此清佳归不得，有无奇藻为君留。

松阳行吟

临江仙·延庆寺塔

散尽诸天青霭，吹来一点金乌。

清风几许挂流苏。

忆中真舍利，心底玉浮屠。

愿共云龙归去，再修岁月精庐。

菩提树杪可曾枯。

飞天人未远，千载亦堪呼。

秋嶂一節 心手意俱達故
絕似天都歌翠微為
疎正蕪江學人弘仁

安徽吟草

鹧鸪天·宿州

万树花堆百尺楼，云都形胜动人眸。

襟连河海观星乌，背倚中原射斗牛。

思楚汉，数陈刘。争雄往事几经秋。

飘然句落斑斓里，为赋淮南第一州。

汴河风光带

汴水潺湲花底流，

碧云如锦盏中浮。

谁分一抹斜阳色，

醉倒芙蓉两岸秋。

灵璧石

流光倒转万斯年，肇判鸿蒙出大千。

海底乾坤银作柱，洞中岁月玉为天。

清辉已照胎珠澈，灵骨渐磨心镜圆。

解得连城真宝器，磬声撕破五湖烟。

宣城敬亭山

独坐楼头暑气浓，相随惟有敬亭松。

梦回紫翠三千尺，人隔云烟九万重。

太白未留深浅盏，玄晖犹照往来踪。

山中觅得如神句，要唤沧溟起卧龙。

浣溪沙 · 徒骇河湿地公园

薄暮风回带晚香，娉婷荷影照霓裳。

红栏一角夕阳长。

青鸟随人歌吐月，绿霞贴水笔生光。

骇河如梦渐微茫。

砀山黄河故道

九月秋何老，天高云不飞。

轻帆犹在望，浊浪久相违。

石树生虚象，林花入夕晖。

黑龙应有待，要卷大河归。

浣溪沙 · 砀山梨花

何处春风绽浅霞，砀山深处有仙葩。

宝光雪彩渺无涯。

影共鹃声浮酒盏，香随蝶梦入寒纱。

清宵谁与寄高华。

清平乐 · 冠县梨花

冠州初晓，风在春前早。

花绽枝头情未了，十里天香缥缈。

依稀又见清明，绿烟散作飞莺。

莫待梦边吹笛，袖中笔放云行。

菩萨蛮·唐山新城

淡烟散彩关山翠，柳风拂水南湖媚。

芳树正葱茏，万家春色中。

歌诗随乐鼓，我共曹妃舞。

醉里羽觞飞，墨花生璧辉。

秦皇岛闻涛园

征帆起处海连天，似有雷声到座前。

雪涌洲头千顷绿，花开波上四时妍。

望中灯火城不夜，醉里渔歌人未眠。

如许风光莫轻负，快催白浪入银笺。

青玉案·秦皇岛鸽子窝

长吟欲上青崖背，为邀汝，山中醉。

眼似沧溟心似水。

蓬莱何处，琼田隐约，浪激秋声沸。

鲛人泣玉三千岁，海市流金九州翠。

更有飞鹰衔一苇。

燕北抟风，江东带雨，天际迎朱旆。

菩萨蛮·太行民俗小镇

梦中蝴蝶轻如线，重楼惊起双飞燕。

淡伫画桥西，归来夕照低。

街头红影媚，水色连山翠。

又见小江南，杯斝星火三。

磁县天宝寨

花陀远在天尖上，故借清风入太行。

佛可观天皆自在，才难免俗每彷徨。

炉峰高处秋光短，漳水明时霜影长。

一自美人山顶过，斜阳老树两茫茫。

南歌子·磁县溢泉湖

泉溢津涯阔，秋涵白露明。楼台隐
约枕芳汀，似有管弦如梦、动霜星。

归雁云中落，扁舟月上行。无边嵩
景向谁倾，要共千年窑彩、照沧溟。

安平桃花园

博陵春色入清眸，

一种天香书上流。

只是题诗人不再，

枝头惟见古今愁。

青城山

羅家山

宮玉真公主
修真之地

最高峯

大[?]山

三十六峯

儲福宮

上清宮

郫鼎

老人村

大面山

成都山

蜀春

禁山

牡丹坪

長生觀

延慶宮

花蕊夫人宅

青城縣

導江縣

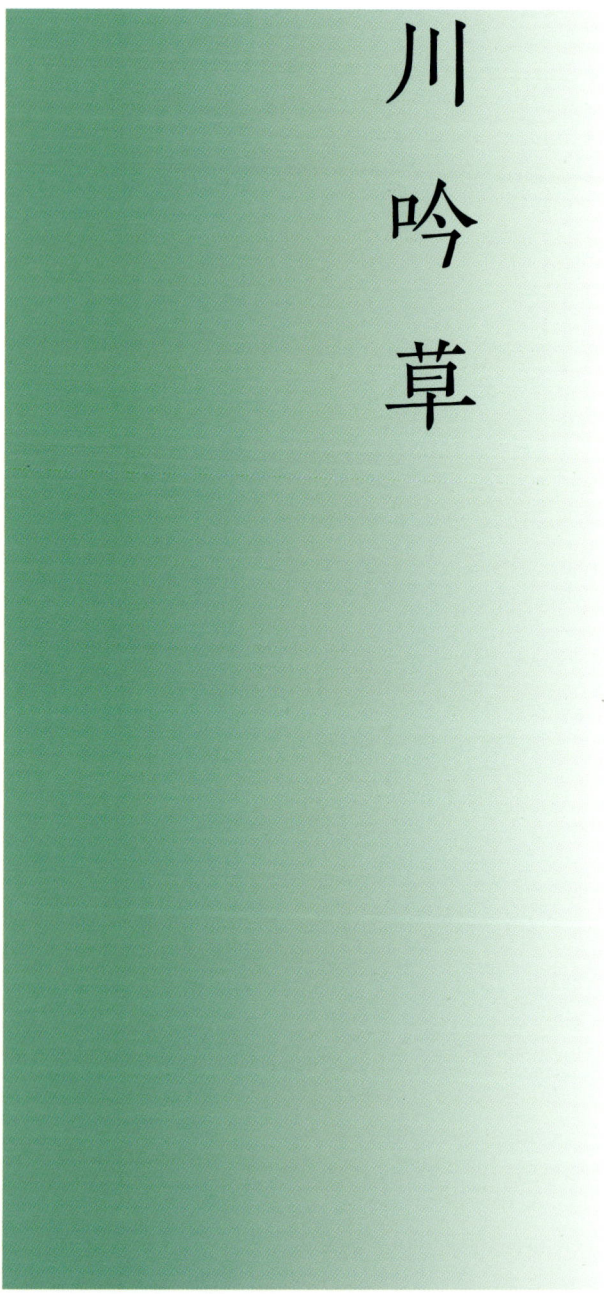

四川吟草

浣溪沙·成都宽窄巷今昔

深巷清幽岁序新，金河淘尽古今人。

流年逸事幻还真。

浩渺天光堪念远，淡浓花影可留春。

世凭宽窄论寒温。

南歌子·成都金沙遗址公园

蜀道明秋水，金乌入晚阳。远烟浓
淡野茫茫，惟有金沙闪烁忆飞觞。

疑冢松声古，西风夜色黄。红尘拂
去尚余香，拾得万年古篆沁诗肠。

成都凤凰山

连山爽气满城头，又见西南壮丽州。

凤展金轮空百丈，龙腾绛阙自千秋。

绿茵渐放情如雨，广厦纷开人似鸥。

偏爱明霞红一角，夺旗光洒最高楼。

眉山

看遍西南百万山，

眉州佳气绝尘寰。

此身不炼雷霆手，

只借东坡月一弯。

浣溪沙 · 賨园怀古

雨后林园色最娇，山前紫翠沸如潮。

白云拄在绿杨梢。

马上英雄终寂寞，城头鼓角倍清寥。

天光如洗日轮高。

鹧鸪天·流江河湿地公园

曲径寻来翠影齐，晚莺恰恰向人啼。

红桥横处烟迷岸，轻舸摇时花满堤。

鸥聚散，水东西。荷亭缥缈接晴霓。

临波欲剪琉璃色，再唤清风拂我衣。

临江仙·四川文峰山

拨动朱弦三尺，移来文塔千寻。

霞辉峰顶似流金。

泼阴汀华阁，暖口入书林。

诗礼而今重见，铿锵谁复知音。

墨飞时有冷香侵。

宕渠般若水，未负是初心。

开江金山寺

飘渺楼台碧落宽，西风满袖入禅关。

空门清寂心如镜，精舍虚无月似环。

倚槛坐观人事老，焚香卧对墨痕斑。

客来何必多惆怅，法雨无边冷翠山。

鹧鸪天·开江明月湖

未见桃红染钓舟，故邀明月到中流。

青梢雨过山楼静，危石云生瀑影幽。

新盏满，桨声柔。欢歌千叠动珠喉。

沧波更向层峦外，要与飞鸥共远游。

虞美人·开江莲花世界

宝泉如玉轻荷举，来做芙蓉侣。临笺难写藕花香，误把满川红绿作霓裳。

心头暗许清荫展，梦里家山远。今年还似去年秋，遥看芳菲万点接天流。

大梁山

雄关镇远衢，古道贯川渝。

岭带双州势，山融五岳图。

天街闻鹤语，星月待人呼。

何处盘歌起，衔杯问寄奴。

夜宿达州莲湖山庄（其一）

雨过巴东翠接天，

山庄梅小挂诗边。

夜深坐待清风起，

似有香浮石上莲。

夜宿达州莲湖山庄（其二）

暮山斜照两堪怜，

百里湖波入晚烟。

石绽莲花何处是，

已将清白种心田。

过万源棋盘山

险道迂回入远岚，

千峰崭岢近天南。

谁留棋子如山重，

赠与儿孙作雅谈。

别达州

又见红云绕帝都，

巴中别去究何如。

忆中满是诸君子，

身在天涯亦不孤。

槎江渺渺芙蓉
芳怜江兒裳
斷腸絳裙
春淺護雲暎
翠袖日莫迎
風涼鯉魚吹浪
江波白霜露
落洞庭飛
木葉盪舟何
處采蓮人
愛惜芙蓉
好顏色
戊申春三
月八日
新羅人
寫於謂

通川谭家沟

车自盘旋久，路从窗外斜。

村虚余壁彩，楼静落檐花。

有梦催诗笔，无缘问酒家。

牧童犹不见，何处听山蛙。

万源八台山

凭崖直上最高台，天泛珠光紫翠开。

袖底岚随飞鸟散，襟边瀑自抱琴来。

万山浮动云初白，一径扶疏心尚孩。

莫道巴东新月小，琼辉依旧绝尘埃。

水调歌头 · 达州山景

楼列众山碧，凤起水云中。清风拂处，林光爽气满川东。坐挽流年如梦，细数茱萸九月，策杖访遗踪。度旷北溟阔，绝响动遥空。

元与白，两司马，倩谁同。眸边乐

府如雪，纸上隐潜龙。更借西厢月

影，米遣悲怀万种，醉酒问归鸿。

携子登高去，千点翠华浓。

水龙吟·宣汉马渡关

秋开巴蜀雄关，凭栏历历山河晓。

天横彩练，霞明壮锦，九光普照。

鸾凤东来，霜蹄西去，峰环如抱。

任清风度我，空崖百丈，荒城远，

征旗杳。

依旧黄尘古道，漫回眸，佳人何老。

长滩十里，烟波帆影，春秋多少。

化气沾衣，岩光浮动，此情难表。

正襟边翠涌，楼头钟起，歌飞林杪。

云

南
吟
草

罗平九龙瀑布群

绝壑回声响作雷，

银河浪涌翠崖开。

九龙许我千寻水，

要为人间净俗埃。

罗平螺丝田

造化由天不在人，

螺丝花朵出凡尘。

璇霄仙子今谁在，

手把黄金染作春。

罗平油菜花海

三月滇东路，千畦锦蕊黄。

如霞浮玉珮，似露滴霓裳。

眼里光摇荡，心头势混茫。

群芳天下艳，不及此花香。

金鸡峰丛

大山无数入遥天，岭上金鸡已万年。

翠带芬芳来袖底，丹分锦绣到眉边。

虹辉腾耀闻清籁，月影婆娑醉玉弦。

借得西南云一片，峰头容我共花眠。

西江月·罗平多依河

河面波翻翡翠，崖边烟笼青萝。

翻飞蛱蝶欲如何，莫让春光负我。

筏影遥浮鹤唱，水声尽网渔歌。

溪山意趣未消磨，催绽诗花千朵。

鹧鸪天·夜游太液湖

花影彩灯千万重，危栏杰阁渺云空。

画桥横卧清波里，翠柳轻摇春夜中。

歌婉转，舞朦胧。红茶绿酒淡还浓。

行来不觉钟声晚，慢引幽香月色东。

踏莎行·那色峰海

飘渺烟岚，微茫空翠。

千峰如梦云如水。

鹤披残雨入斜阳，虹飞七彩青天外。

春色迷离，林涛鼎沸。

南行欲赴瑶台会。

山中一日便千年，长吟不见归来未。

鹧鸪天·临沧翁丁瓦族原始部落

木鼓山歌贯耳来，雨明黛色寨门开。

篱边榕老留诗眼，水畔桃红映粉腮。

寻石径，上丛台。野云茅舍远尘埃。

只今犹记茶炉上，一缕奇香沁我怀。

澜沧江高峡百里长湖

百里澜沧水，千年酒一壶。

莲峰青似玉，星岛碧如珠。

身与天波远，梦随云影孤。

不知寒霭外，可有故人无。

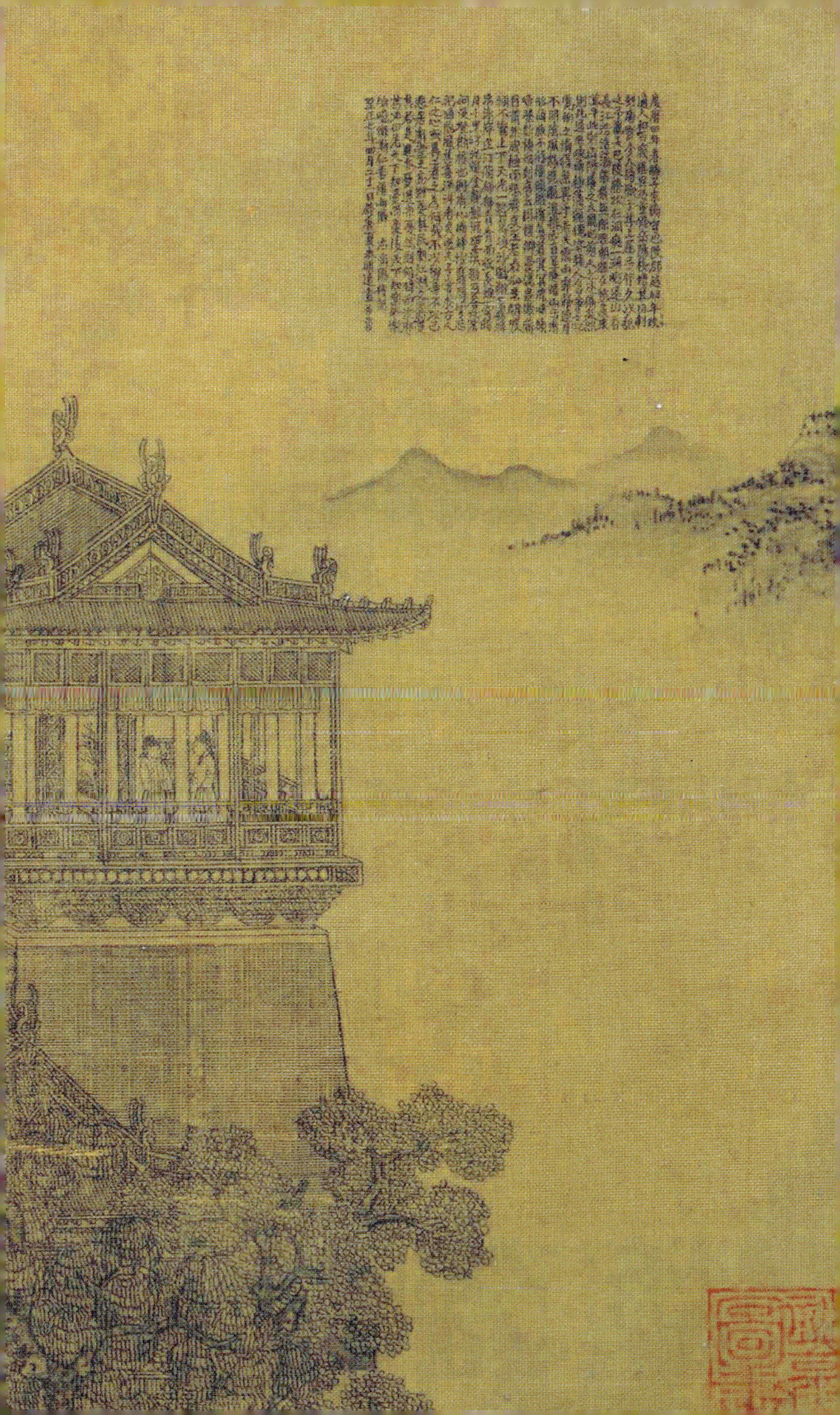

湖南吟草

浣溪沙·韶山秋

似有风雷到耳中，韶峰翠涌日轮东。

山居虽老火星红。

池上风来佳气暖，洞前水滴太和融。

眉尖心事曲如弓。

湖南宝峰湖

宝峰涌翠入苍冥，如洗湖天分外青。

珠吐玉蟾开雾帐，翎分金雀上春屏。

扶疏花影指间绕，断续泉声石上听。

应是中霄神女在，瑶池洒落一坛星。

临江仙 · 湘西凤凰城

岸曲江楼浮翠，参差水阁疏明。

岚光斜照凤凰城。

梦随渔火远，思逐暮云生。

鸟宿数枝花小，帆低一叶风轻。

笙歌夜笛满烟汀。

今宵人去后，谁送月西行。

水调歌头·湖南张家界

极目碧虚外，烟雨两冥蒙。乱云飞起，武陵何处觅仙踪。崭岏幽崖百丈，刻削层峦千里，疑入九霄东。莫道青莎老，来沐古今风。

天门月，茅岩瀑，玉皇松。南来欲把、

等闲心事与春鸿。许是名山有待，

怜我诗心依旧，遥赠绿芙蓉。未得

惊人句，不肯上巅峰。

贵州吟草

娄山关

绝代丰碑涌翠岚，

群山肃穆气如磐。

唤醒紫电三千丈，

来护英魂一寸丹。

浣溪沙·贵阳花溪

老去春秋贵似金，遥思换作短长吟。

黔中西望乱云深。

笔下烟岚千古事，樽前梅柳百年心。

花溪行处俱知音。

浣溪沙·贵大风光

又报清风送晚凉，溪花流处墨花香。

桑榆好景满秋阳。

心寄黔中思莫逆，句来天外韵低昂。

高斋遥透照人光。

黔西秋晚

东湖风日佳，十月秋难老。

奇果岭头黄，野莺枝上闹。

水同天浩茫，人与云飘渺。

一点妙明心，古今皆在抱。

踏莎行·绥阳大风洞

烟淡山幽，风来洞启。

蓬莱疑在双河里。

亿年壁绽石榴花，千寻瀑响琉璃水。

玉殿香浓，瑶池汤沸。

天生桥上晴虹媚。

行来如梦复如真，村头霞彩遥相对。

河南吟草

许昌春秋楼

云浮落日渐朦胧，烽火当年照眼红。

月偃青龙惟大义，风行赤兔见孤忠。

楼头烛秉春秋老，堂上金封夜月空。

单骑归来年岁久，横刀英气尚豪雄。

南乡子·重到开封

天下汴梁秋，都向清明河上流。

唤醒黄英千万朵，盈眸。

梦里烟霞入画楼。

几度过中州，来醉东京酒一瓯。

最爱西湖横笛夜，清柔。

要共江山作壮游。

杜甫故里巩义

杜陵千载有知音，君我同欢翰墨林。

入梦烟霞皆胜事，盈眸山水作清吟。

曲江长忆芙蓉影，紫阁犹存父老心。

四海归来春正暖，诗毫五彩欲流金。

南歌子·安丘

城顶芳菲满，石门草树新。

倩谁遥赠一枝春，

只为连山诗朵正缤纷。

庵上能观月，湖心可接云。

吟风还比酒风醇。

更有珠玑千斛映金樽。

辽宁吟草

弓长岭之春

岭上初晴草木芳，好风拂处鹤高翔。

琉璃水涌春波暖，华表山浮英气长。

人有丹心堪映火，天留明月可凌霜。

螺钉一点情千里，七字言开万丈光。

抚顺秋水长天楼

遥天秋水正茫茫，湖上波生翡翠光。

白岛葱茏腾碎锦，铁山浓淡入斜阳。

霜严未改兵戎色，风起犹闻战菊香。

莫问界藩当日事，楼头花雨正归航。

抚顺萨尔湖泛舟

碧波千点碎如银，帆挂平湖起白鳞。

山自清寒难作伴，树犹苍郁可为邻。

秋光衣上催人老，霜色眸中照我新。

更放桂桡云外去，缤纷红紫早成茵。

江西吟草

江西双井茶

白云深处绽灵芽，双井开来绝世花。

宿雨新添青霭色，春雷惊破碧云纱。

鼎浮雪乳山翁宅，瓯滚香波太守家。

借问何时双展翼，欣看飞雪入烟霞。

浣溪沙·修水二月二农事节

枝上莺声带雨闻，参差柳绽九州春。

　　　溪桥又见探花人。

酒暖田头农事早，犁开陌上稼禾新。

　　　醉看蛱蝶入花茵。

鹧鸪天·三清山

野色迷蒙暗玉京，带烟随雨入三清。

峰高云汉仙踪渺，水净尘氛紫气明。

吟菊绽，踏莎行。天边隐隐有余青。

何当拔地三千丈，长听秋涛震九溟。

人间至美莫如诗

林峰诗词读后

星 汉

　　"人间至美莫如诗"这是当代著名诗人林峰一篇诗论的题目，在林峰看来，诗有至高无上的美，可见林峰对诗词的痴迷程度。这种痴迷，必然有所收获。林峰出版有《一三居诗词》《花日松风》《一三居存稿》等诗集，加上他近二十年来在诗词界所取得的成就，已经确立了他作为国内中青年诗人领军人物的地位。在"2015'诗词中国'最具影响力诗人"评选获奖名单中就有林峰的名字，这就足以说明林峰在诗坛上的分量。在"林峰条"的颁奖解说词中有这样的话："他是一位儒雅敦厚的优秀诗人，杰出的创作才华与丰厚的文学修养为他赢得了广泛的赞誉。被称为当代中青年诗人的代表人物。"星汉以为，此非虚语。

　　在内容上，我想用"说古、论今，英雄、儿女"八个字来看林峰的诗词创作。

　　叶燮《原诗》说："诗是心声，不可违心而出，亦不能违心而出。"袁枚在《随园诗话》卷三说："诗人者，不失其赤子之心者也。"凡在艺术上取得杰出成就的诗人词家，无不是恒久一贯地持有赤子真心。林峰就是这样。

　　诗如其人。我还"自作高明"地说，有时候一个人的诗词作品甚至和他的长相也相去不远，那就是"诗如其貌"了。这句话放在林峰身上，倒也恰如其分，林峰"儒雅敦厚"，"貌如其心"（韩愈语）。林峰笔下的诗词，大多心闲气定，幽静深沉。大有范仲淹所说的"古仁人之心"。且看林峰的怀古之作：

　　　视通今古千年事，俯仰兴亡一盏茶。

　　　　　　　　　　　　　　　（《山海关老龙头随想》）

天半青山应有泪，为君长洒蓼儿洼。

（《谒施耐庵纪念馆》）

世事苍茫思魏晋，人生感慨忆孙刘。

（《镇江多景楼》）

幸有此间污不染，琼崖故放海天青。

（《海瑞陵园不染池》）

这些诗句或舒散，或沉郁，或慷慨，或通脱，莫不显其儒雅之风。《水调歌头·东坡赤壁》是这样写的：

赤壁万年月，长耀古黄州。望中故垒依约，露白大江秋。更有矶头野色，犹带东南形胜，数尽往来舟。天地一何阔，人世几蜉蝣。　渔樵事，龙虎气，俱东流。余生恨晚，未逢旌旆动山陬。浪激波中寒铁，凤吐堂前二赋，光焰射人眸。梦里乌林远，墨洒最高楼。

这首词，星汉以"不让古人"许之。林峰诗词，用典不为典所用，其如水中着盐，不露痕迹。从这首词中，我们读到了柳永的《望海潮》（东南形胜），苏轼的《赤壁赋》和《念奴娇·赤壁怀古》，辛弃疾的《水龙吟·过南剑双溪楼》。由此可见林峰读书涉猎之广。儒雅之中散发出"东坡式"的豪宕之气，正是林峰诗词难得的优长。再看：

遥呼天半长风起，欲借沧波送远航。

（《鹧鸪天·开封西湖》）

纵然身寄千山外，犹觉江潮鼓样雄。

（《新年依韵奉和文朝将军》）

闻说仙人犹未老，吟鞭遥指日轮东。

（《白岩山》）

烟霞得剪三千丈，可揽青阳雪后天。

（《甲午嘉平既望立春前夕玉泉诗院雅集》）

这里的"长风""江潮""日轮""烟霞"，都是林峰心胸的写照。很难想象，一个内心龌龊，形象猥琐的人，能写出这样的诗句。

以上各例，以"说古"者多，但林峰的笔锋，绝不厚古薄今。着眼于现代，着眼于眼下，又是林峰诗作的优长。"浩荡风开天际沐，苍茫海涌日华明"（《机飞海南》），这是林峰在天上看到的景象；"花绽绮霞人半醉，杯浮雪浪月昏黄"（《浣溪沙·琼海中原小镇》），这是林峰在地上的感觉；"胆壮旌旗辉日彩，威融霜雪出尘嚣"（《杨子荣》），这是英雄人物功绩的反射；"恰似芙蓉出水红，明霞淡霭小园东"（《用国钦兄千金大婚韵并和》），这是普通人家婚庆的喜悦；"家酒浓时轻燕舞，欢歌起处老人迷"（《浣溪沙·最美家庭胡金凤》），这是衢州老太太一家的欢乐情景。还有，《沁园春·"神九"畅想》《抗震救灾有感》《赠望城区消防大队》《鹧鸪天·塞罕坝机械林场》诸篇，无不充满着现实中浓浓的人情味儿，甚至不乏"土气息，泥滋味"。

诗坛上歌颂焦裕禄的诗作甚多，但林峰的《水调歌头·忆焦裕禄》一词，自有其流传的理由。请看：

远引一壶酒，长酹向中州。飞鸿声里、有我遥绪共云流。 倚槛江山铺锦，照眼桐林泛绿，天际瑞华浮。 不复萧条景，遗爱满千秋。 赴颠危，倾肝胆，壮宏猷。 苍生在望、谁堪后乐与先忧。 愿借移山浩气，来润桑田千亩，造物未迟留。 夜夜黄河上，毅魄耀银钩。

此词之气魄与焦裕禄之精神有机地融合在一起，两相辉映。焦裕禄去世的时候，林峰尚未出生。 焦裕禄之精神，应是林峰得之于报刊和影视。 如果没有对这位"党的好干部""人民的好公仆"的高度认可，是写不出这种感情浓厚的词作的。 词中有对干部楷模的向往，有对焦裕禄改变兰考面貌的赞颂，不枝不蔓，以情动人。

歌颂当今大政，应是诗人笔下应有之义，但是要写好却非常难，弄不好就滑入口号体之俗路。 林峰的词作，却不是这样，请看《鹧鸪天·喜贺十八大》：

紫禁城开浩荡秋，燕山如玉翠如流。 欲将五彩清和景，来绘千年壮丽州。 星斗转，露华浮。 团栾佳气动双眸。 长歌声里潜龙起，十月雷奔天尽头。

词作先交代开会的时间、地点，继之以景象的清嘉来衬托作者的喜悦心情。"星斗转，露华浮"是用诗的语言代替了"继往开来""蒸蒸日上"等政治术语，故而读者容易接受。"长歌声里潜龙起，十月雷奔天尽头"的形象之辞，代替了"中华崛起""走向胜利的明天"的标语口号。

诗词要有点儿英雄气象，方能在诗坛立稳脚跟。 谢榛《四溟诗话》卷四说："赋诗要有英雄气象，人不敢道，我则道之；

人不肯为，我则为之。厉鬼不能夺其正，利剑不能折其刚。"诗词创作的英雄气象何来？要靠作者的勇气和智慧，林峰的诗词足以当之。其《南歌子·渤海抗日英烈传》写道：

> 岭上烟尘暗，关前白日残。城头遥望泪难删，莫问英雄一去几时还。　　杀气连云卷，刀光带露寒。壮心百战未离鞍，只为神州寸寸是家山。

这首词以虎虎生气，写出了当年抗日英雄的浩然正气。词的上下片首二句各用工整的对仗，写出了当年抗日战争的激烈程度；而上下片的煞拍，则是写抗日英雄为保卫祖国大好河山，义无反顾，敢和日寇决一死战的英雄气概。

带有英雄气象的诗句，在林峰的作品中开卷即见。"遥追七十年前事，曾有海棠带血开"（《海棠雅集并赋抗战胜利七十周年》），抗战胜利七十年过去，每当此日，纵是海棠，也不会忘记当年烈士的鲜血，雄宕中带有悲壮。"诗涨九门情激荡，歌飞绿岛气轩昂"（《浣溪沙·赠立胜兄》），诗友武立胜毕竟是军人出身，无论是"诗"还是"歌"，都带有男儿血性。"饮水才高云万朵，绝弦事往酒一瓯"（《浣溪沙·访纳兰性德故居》），纳兰性德绝弦丧妻，虽然词作"哀感婉艳"，但作者将其《饮水词》拟之为"才高云万朵"，仍不失为"格高韵远"。"莫道九州无剑气，敢驱万马踏狼烟"（《谒龚自珍纪念馆》），由龚自珍的纪念馆，想到其一生关怀民族和国家命运的爱国激情。不难看出，林峰诗词的"英雄气象"，题材多样，纵横驰骋，尽情发挥。

袁枚在《随园诗话》卷三中曾经批评蒋士铨的诗虽然"气压九州"，"然能大而不能小，能放而不能敛，能刚而不能柔"。

我们看林峰的诗词，在"英雄气象"之外，"能小""能敛""能柔"。有人在赏析苏轼词《念奴娇·赤壁怀古》时，说周瑜式的"风流人物"必须具备三个条件：英雄气概、儒士风度和儿女心肠。星汉以为，林峰的诗词中还有一种"粗豪"者所寡有的"儿女心肠"。

林峰的这种"儿女心肠"，大多表现在对乡情、亲情、爱情、友情的抒发上。

七绝《赴京前夕》，前有小序："辛卯初秋，吾将举家北迁。细思前尘，感慨良多。聊赋四绝，以抒心境。"其中两首是：

一

幽燕北去片云孤，一曲离歌酒一壶。

回首关山千万里，故乡背影未模糊。

二

诸君高义比黄金，明月升沉鉴我心。

愁思两眉抛不得，此生最爱是乡音。

林峰是浙江龙游人，2011 年将要离开生活 44 年的故乡，应当说当时的感情是极其复杂的。"背影"一词，当是源于朱自清散文《背影》，这里作者把故乡比成自己有血统的亲人，其留恋之意，已非一首七绝所能概括。北去幽燕，听到的多是普通话，"此生最爱是乡音"不是对普通话的排斥，而是设想远离家乡后心理上的孤零。这两首诗，一写视觉，一写听觉，相得益彰，将对于故乡的情怀倾泻出来。过了 5 年，作者的故乡情怀仍然没有稀释，依旧浓烈。七律《用诗银先生同赋丙申春笺韵并和》后二联为："梦中雾漫燕关北，枕上潮回浙水东。万里家山归未得，此生难改是初衷。"再将故乡情怀宣泄得淋漓尽致。

亲情，是血浓于水的骨肉之情。《南歌子·家父七十寿辰》即属此类：

> 逸彩辉天宇，黄英灿月华。鹤随秋色逐门斜，道是金星已下五云车。　　座上金风细，壶中淑气嘉。琼苏千盏醉松霞，又见楼头新绽牡丹芽。

从"黄英""金风"来看，林峰父亲的生日当是秋天。作者在祝寿的同时，看到了家庭的前景和希望，"又见楼头新绽牡丹芽"一语，当然是虚拟，但是作者的心绪，读者自会领略得来。

爱情是人类永恒的话题，但是它往往又是说不清道不白的东西。林峰的《减字木兰花·寄远》这样写道：

> 苍茫云水，迢递青山千万里。芳草浓时，廿四桥头春未迟。　　烟笼三月，来看木兰花一叶。淡伫湖楼，人影婆娑柳影柔。

这首词写了一种朦胧的情感，有一种朦胧的美。读者不必追问被"寄"者为谁，从"来看木兰花一叶""人影婆娑柳影柔"诸句中，已能体会到对方的美丽和温柔。其《菩萨蛮·台州府城》《癸巳中秋》《减字木兰花·月夜》《醉桃源·别友》诸篇，均能使人"心摇摇如悬旌"，不能自止。

林峰诗词题材新颖广阔，不是星汉寥寥数语所能概括的。读者欲知就里，那就要遍读此集，也许会得出和星汉不一样的结论，有着不一样的感受。

　　还有，我们知道格律诗的三要素是平仄、押韵和对仗，这是创作传统诗词的常识，但是进入化境，却非易事。平仄自不必说，"不讲平仄，即非律诗"。林峰诗词的押韵用平水韵和《词林正韵》，在中华诗词学会提倡"倡今知古，双轨并行"的今天，这自然无可指责。平水韵中，有些韵目用普通话读来有两个以上韵母的情况，如果按此韵目押韵，用普通话读来就不美听。林峰为迁就普通话和这样的平水韵的韵母，就把这样的韵母分开使用。这样做，可利用的韵字少了，选择的余地变窄，这就加大了作诗填词的难度。《抗震救灾有感》用韵为坤、昏、魂、温，而不掺入"十三元"中的"元""言""翻"诸字。再如《云龙湖》用韵为微、肥、归、挥，而不掺入"五微"中的"祈""稀""依"诸字。我想林峰这样做，为的是用普通话读起来上口好听。

　　当今近体诗的作者，如果按照李渔的《笠翁对韵》或是遍翻故纸堆，找一些现成的古人的语汇构成对仗，那是比较容易的。林峰诗词的对仗难，难就难在他的对仗源于现实生活，使之富有活力。且看：

　　　　炮震楼头新月暗，刀寒岭背大旗明。

　　　　　　　　　　　　　　　　　　　　（《忆四平战役》）

　　　　飞笔每生强国梦，柱天须仗济时才。

　　　　　　　　　　　　　　　（《读习总书记〈念奴娇〉词》）

　　　　樯挂荷田千载雪，浪奔柳岸一声雷。

　　　　　　　　　　　　　　　　　　　　　　（《洪泽湖》）

　　　　二为曲谱铿锵语，双百花开锦绣丛。

　　　　　　　　　　　　　　　　　　　　（《延安文艺颂》）

2014年8月28日，"中华诗词学会纳兰祖地行诗词研讨会"在四平召开。林峰和笔者都参加了这次会议，并且参观了"四平战役纪念馆"。林峰《忆四平战役》当作于此时。此联工稳，写出了当年战斗的激烈。《读习总书记〈念奴娇〉词》当指习近平总书记词作《念奴娇·追思焦裕禄》。这一联，大开大阖，道出作者学习习近平总书记此词的真切感受。"樯挂荷田千载雪，浪奔柳岸一声雷"一联，诉诸视觉和听觉，有声有色，洪泽湖之美景如在目前。"二为曲谱铿锵语，双百花开锦绣丛"一联，嵌上"二为""双百"，不见雕琢，可见毛主席《在延安文艺座谈会上的讲话》发表之后，延安文艺的整体风貌。

以上文字，说不上评论，只是和林峰吟兄相交多年，读其部分诗词后的感想而已。

2023年1月24日凌晨于天山下之荷香楼

守正容变：

当代旧体诗词的美学伦理

以林峰先生的创作为例

杨景龙

在当代旧体诗词界，林峰无疑是为数不多的能够真正体现"守正容变"路向的作者之一。从创作追求"新变"的角度看，林峰或许不是当代最前卫的旧体诗人；但是，在诗词艺术古今发展的"通变"视野的观照下，他应该是在创作实践中能够成功地处理新旧之间，亦即传统与现代之间关系的当代旧体诗人。他的诗词作品，内容上属于风雅正声，然而不废颂体；形式上诸体兼备，技巧娴熟；风格上以刚美为主，兼及柔美；取径上继承古典诗词的主脉，而能适度变化，既不一味拟古，也不刻意趋新。对于传统与现代、正变与新旧之间的尺度和分寸，林峰把握到位，为当代旧体诗词的美学伦理建设，提供了若干可资借鉴的范本。

一、风雅正声，不废颂体

通观林峰的诗词创作，在题材内容的选择和处理上，表现出前后一致的鲜明倾向性。他写于不同时期的作品，从取材的角度可以大致分为记游纪行、写景咏物、咏史怀古、酬唱赠答、时政要闻等几大类。记游纪行类如《衢州烂柯山四绝之一线天》《常山奇石》《河津龙门》《贺兰山》《黄河入海口大雾未见黄蓝分界》《水调歌头·张家界》《西江月·雁荡灵峰》《生查子·蟒山红叶》等；写景咏物类如《黄河壶口》《潍城十笏园》《老黑山火山口》《溧阳寒光亭》《白岩山》《阳信雨中赏梨花》《菩萨蛮·腾格里沙漠》《菩萨蛮·春夜》《水龙吟·雅丹国家地质公园》《沁园春·黄河石林》《满庭芳·癸巳恭王府海棠雅集》《生查子·梅岩精舍》等；咏史怀古类如《镇江多景楼》《燕州古城》《沛县歌风台》《山海关老龙头随想》《雨中谒鱼山曹植墓》

《西江月·陈子昂读书台》《浣溪沙·杜甫草堂有怀》《水调歌头·东坡赤壁》《满江红·谒杭州岳王庙》等。以上三类作品内容上互有交叉重叠，无法截然分开，只能作一个大致的划分。这三类作品或纯粹写景，或写景抒情，或写景言理，或抒发历史感慨，作者将脚下的万里路与胸中的万卷书打并一处，将眼前景与心中情融为一片，将怀古的幽绪与现实的思考连为一体，大景壮阔，小景清新，言情浓淡相宜，议理隐显有度，得江山之助，多书卷之气，最多佳作，最见功力。酬唱赠答类作品与记游赏景类作品一样，在林集中数量众多，不再一一列举，仅以《一三居存稿》为例，就达七十余首，还不包括写于不同年份的十余首恭王府海棠雅集的题咏唱和之作。这一类作品是作者繁忙的社会活动，广阔的人际交游，和他身处的繁荣安定的时代生活在创作中的真实反映。时政要闻类放在下文论述，这里暂不具体展开。总体来看，以上几大类作品均是正能量抒写，表现出中正平和、积极乐观、健康向上的思想情感状态，题旨上无疑属于风雅正声。

林峰诗词内涵上的中和取向，有时体现为对主观情感的控制。如《浣溪沙·杜甫草堂有怀》："风度柴门岁月长，露头夕照又昏黄。浣花往事有余芳。 巴蜀蓬高心勇健，湖湘舟老句铿锵。杯浮锦绣出明堂。"草堂时期的杜甫生活虽较安稳，但也有风破茅屋、出避兵乱的诸多不堪，作者对此能无感乎？"湖湘舟老"更是杜甫一生最为悲惨之时，作者控制自己的情绪，用"句铿锵"三字一笔带过，结以"锦绣明堂"，归旨于盛世熙和之音。又如乡思之作，林峰的《一三居存稿》中，大约只有一首《江城子·赠乡音乡情微信群》集中写乡思，但因科技发达，手指一按即可发送视图文字，相较于过去时代受交通、通讯的限制而音信难通的浓重乡愁，这里则是"微群香暖意融融"的和乐气氛。林峰的乡思，更多附着在一些其他题材的作品中，如《海棠雅集兼咏乡思》里的"粉红深处有乡思"，《西安道上戏题》里的"诗心摇处是乡思"等，皆是一抹淡淡的愁绪的偶尔流露。凡此，应该都是作者有意控制情绪的结果。

中和取向有时体现在对象的选择方面，如《西江月·马致远故居》："门外小桥如带，楼前绿水轻摇。西风瘦损美人蕉，谁在浑茫古道。影冷汉宫秋月，泪抛梦里春宵。清音一曲尽妖娆，中有相思多少。"在古今、虚实、情景的转换里，化入马致远的名作《天净沙》小令与《汉宫秋》杂剧的语词意象，但对马致远那首灏烂豪辣的名作《夜行船》套曲则完全避开，既十分切题，又有所去取。中和取向有时体现在新与旧的融合方面，如《紫竹院中秋赏月》："楼头月待景朦胧，休问蟾宫路几重。澄碧双渠金缕细，福荫紫竹桂华浓。高谈欲唤文津鹤，雅唱如敲古寺钟。撷取秋光清一片，今宵醉醒俱从容。"就韵敷景，切题得体，似有寄托，风雅从容，确是新发笔砚，又似锦囊旧物，而无当代旧体常见的浅滑俚俗。"诗虽新，似旧却佳"，新与旧在这首七律文本中的融合，已是臻于化境。

东汉郑玄把《诗经》中产生于周朝繁盛时期的作品称为"诗之正经"，把西周中衰以后的作品称之为"变风变雅"(《诗谱序》)。"正"与"变"相对而立，后人概称为"正变"。郑玄说孔子时已有"变风变雅"之称，但不见于先秦典籍记载，可能是汉儒说诗的依托之辞。《诗大序》曾称引《礼记·乐记》云："治世之音安以乐，其政和；乱世之音怨以怒，其政乖；亡国之音哀以思，其民困。"郑玄等汉儒的正风正雅与变风变雅的名称，大概就是从这几句话中引申出来的。风雅之"正"者，就是"治世之音"；风雅之"变"者，就是"衰世之音"或"乱世之音"。所以"正变"说指的是时代的推移变化与诗歌历史发展的依存关系。

明白了正变说与时代历史的关系，我们再来看林峰的诗词创作，对于他的作品多为"风雅正声"的创作现象，就很容易理解了。林峰步入诗坛、开始创作的时代，正值国家实行改革开放，经济文化长足发展，人民的生活水平得到极大提高，整个社会逐渐迈进小康的太平盛世。"治世之音安以乐，其政和"，正是依托于政通人和、百业兴旺的改革开放时代，中华诗词事业实现了全面的复兴，国人也有了较为优渥的物质生活条件，居家可以安闲读书，出行可以游览观景，聚会可以诗酒酬唱，生活一片泰然熙乐，诗作中自然就多了闲雅和谐之音。林峰诗词和当代诗词一样，大半是山水形胜、感事抒怀之作，正是日常生活状态在创作中的具体反映。其间洋溢而出的愉悦情感状态，乃是生活在丰衣足食的盛世中的诗人的真实心理体验。

林峰的创作不仅多属风雅正声，而且不废颂体。这也符合事物发展和存在的理路和逻辑，符合作者的创作心理发生机制。润色鸿业的盛世元音，只需再进一步，就是颂体。《诗谱序》即认为，《诗经》中的颂"本之由此风雅而来"。这里牵涉到一个纷纭不已的古老诗学问题，即诗歌究竟该不该、能不能容留"颂"之一体的存在。应该说，在大多数情况下，人们确是不太容易认可颂体"歌德"的，因为颂体"歌德"容易流于粉饰，与多数人的生存感受可能并不一致。但是，在中国文学和诗歌的源头《诗经》里，作为"诗之体"的"风雅颂"是一种并列存在关系，颂乃《诗经》三体之一体，占有四十首的篇幅，是《诗经》不可或缺的组成部分，孔子删诗亦不废之。所以，从诗歌发生学的角度看，颂之一体在诗歌领域的存在权力，肯定是毋庸争议的。《毛诗序》则从理论上解决了当不当颂的诗歌美学伦理问题，"美刺比兴"的说法，"美"与"刺"作为诗歌表现功能的概念范畴，是相提并论的，并非只允许诗歌怨刺虐政，而不允许诗歌颂美德政。当然，这里牵扯到两个方面，一是事物存在的真实与情感态度的真诚。盛世德政若是一个真实的客观存在，诗人加以颂美就是正当的，并不违背诗歌的美学伦理秩序。如《诗谱序》所说的："文武之德，光熙前绪……及成王、周公致大平，制礼作乐，而有颂声兴焉，盛之至也。"再如唐代开国之后的国力，一路走高至开天盛世，当时与后世诗人即多有美颂。富有批判精神的李白曾发出"一百四十年，国容何赫然"的由衷赞叹，多写民生疾苦的杜甫也抑制不住"忆昔开元全盛日"的内心冲动。不管是《诗经》里对"文武之德"及"成王、周公致大平"的美颂，还是李白、杜甫对大唐盛世的美颂，都被人们视为正常。二是在具体写作美颂类作品时，尽量避免阿世谀人之嫌，杜甫的《遭田父泥饮美严中丞》就是处置得体的文本。严中丞即严武，是杜甫朋友严挺之的儿子，时任成都尹，对草堂时期的杜甫关照有加。杜甫心存感激，但没有直接出面，而是通过田父之口，对严武的惠政加以夸赞，自己的感激之意尽在其中。这是一种恰当的做法，效果要比直接出面歌颂赞美好得多。

回到林峰的一部分主旋律作品，如《沁园春·神九畅想》《水调歌头·钓鱼岛之思》《喀喇昆仑英雄赞》《改革开放赞》《水调歌头·青藏铁路开通》《鹧鸪天·喜贺十八大》等，在写法上都值得称道。这些作品不像一些作者的大量同类之作那样，通篇直赋其事，直接抒情议论，热烈赞美歌颂，套话成韵，图解概念，类同口号，诗味寡淡。林峰的美颂类时政新闻诗词，尽量少用赋笔，多采比兴，借助形象，展开想象，既达到了创作目的，又让人读之兴味盎然，艺术效果和社会效果均称良好。除了写大事伟人，林峰也不忘讴歌普通人物，像《消防勇士》《快递心语》《浣溪沙·感动中国人物张桂梅》等，拉近了正能量作品与广大人民群众的距离。林峰还有一些主旋律作品，像《浣溪沙·南泥湾》："风过泥湾曙色新，翠苗深浅草如茵。牛羊满地燕来频。 对酒长思龙虎旅，当歌已醉太平人。清香浓处满园春。"再如《破阵子·寿光巨淀湖红色旅游区》："帆自湖心西去，鹭从苇上徘徊。菡萏花浓摇绿垛，翡翠湾开接落晖。流光转瞬飞。 风似潜龙举甲，月如织女凝眉。八卦玄机涵电火，神器千钧响霹雷。心潮天际归。"全篇皆是出色的景物描写，题旨只在篇中微逗，全无说教之态，语言清新生动，赏心悦目，令人读之欣然。

林峰诗词多属风雅正声，盛世元音，体现出鲜明的中和思想情感取向，这与作者的身份有关。作为中华诗词学会的主要负责人之一，表现主旋律和正能量，是其职分所在。同时也与作者曾经的职业有关，医者仁心，况是疏通经脉、燮理阴阳的国医，平和畅达正是作者修己济人的身心涵养。更兼身为江南才子的作者，禀赋原是彬彬君子，性格温文尔雅，不燥不火，其立身处世的日常修为，也会在不知不觉间渗透到诗词创作之中。而在最深的层次，则是哲学思想与美学理想在起支配作用。操持旧体的诗人多服膺传统儒道学说，以及由哲学衍生出的美学原则，故而多着眼于人世的美好和谐；新诗人则多接受域外现代和后现代的哲学与美学观念，因此多关注世界的阴暗与分裂；其道不同，这正是新旧诗人和诗歌产生重大分野的根本原因所在。

这里还需要略为多说几句，林峰的《浣溪沙·贺迅甫先生〈农民工之歌〉付梓》是一首特别值得注意的作品："振臂长歌动上林，大音一曲价千金。怜农幽绪向谁吟。　泼墨原无回斗力，抛砖却有补天心。九州花暖赖春阴。"词作借寄人吐露心迹，也曾想振臂一呼，歌动上林，然而又觉补天有心，回天无力。"怜农幽绪向谁吟"一句，见出作者对创作实践中反映民瘼之难境，深有感触。即此可知，作者诗词中少写底层生活，人世苦难，当是有意避开可能敏感的题材。林峰诗词中有多首佛道理悟之作，如《临江仙·广佑寺》《临江仙·老子山》等，皆能探赜幽玄，俱耐咀味。写景咏物也多即景见理，即事见理，如《浣溪沙·黄河漂流》《衢州烂柯山之一线天》等。可知性情之外，林峰本是一个多思之人，于是就在诗词中和生活里，约略心有戚戚，选择做一个簸扬正声、知命不忧的坦荡君子了。

二、刚柔兼擅，众体皆备

上文讨论了林峰诗词多属风雅正声的质性，总体上表现出平正中和的思想情感取向，但这只是从题材内容的角度所作的一个大致的概括，并不是说林峰的诗词仅是一种单一维度的存在。事实上，当我们进入林峰的各体各类诗词文本，就会发现，他是一位兼擅各种诗词体式的真正的当代名家，在万花生春、琳琅满目的丰富美感形态中，逐渐形成刚美为主、兼擅柔美的风格特色，显示出一种走向大家的宏阔局度与气象。

不妨先看林峰的绝句，佳者如《南京浦口水墨大埝》《攸县灵龟寺》《荔浦天河瀑布》《黄河入海口大雾未见黄蓝分界》《南京胜棋楼怀徐达》等。绝句是最能见出作者才情的诗体，但其形制短小，字句有限，预留的起承转合空间不大，需在完成规定动作的刹那间，显咫尺万里之势，含有余不尽之意，所以创作难度较高。元代杨载《诗法家数》说："绝句之法，要婉曲回环，删芜就简，句绝而意不绝，多以第三句为主，而第四句发之。有实接，有虚接，承接之间，开与合相关，反与正相依，顺与逆相应，一呼一吸，宫商自谐。大抵起承二句固难，然不过平直叙起为佳，从容承之为是。至如宛转变化工夫，全在第三句，若于此转变得好，则第四句如顺流之舟矣。"指出了绝句的句法、章法特点，好的绝句都是遵从这样的要求写出来的。看林峰一首《衢州烂柯山之一线天》："耳畔天音杂梵音，峰巅云树拂人襟。谁留一线神仙眼，来看红尘万古心。"首句从听觉叙起，二句以视觉承接，天音梵音醒人心神，云树拂衣清人襟怀，在叙述描写中为后二句铺垫蓄势。三句转折，将山崖一线裂隙比作俗世之上的神仙之眼，四句就势收煞，结出题旨，而又不加说破，所谓"句绝而意不绝"，留下有余不尽之意，耐人品味。此诗的超逸境界，与王国维词句"试上高峰窥皓月，偶开天眼觑红尘。可怜身是尘中人"略相仿佛。

林峰的律诗数量众多，成就更为可观。五律之佳者，如《溧水中山河》《常山奇石》《鹅尾山神石园》《河津真武庙》《澜沧江高峡百里长湖》《云龙湖》《赠海王子酒店》《赴根宫佛国诗会途中》等。五律结体平稳，但林峰的五律每写壮景，开合动荡，颇富气势，如《鹅尾山神石园》："鹅生千万载，水国不知年。斧劈幽崖裂，戟飞灵洞悬。金山留我祖，苍海礼真仙。一日鱼龙起，清光在九天。"方之唐律，大类老杜《望岳》《房兵曹胡马》《画鹰》激情之作。《黔西秋晚》是一首颇有王孟山水田园风味的写景之作："东湖风日佳,十月秋难老。奇果岭头黄,野莺枝上闹。水同天浩荡,人与云缥缈。一点妙明心,古今皆在抱。"颔联写南国秋色,不可移易。颈联大笔勾勒,气局开张,"浩荡""缥缈"二语,将诗境推扩至无限辽远。

林峰写得更多更好的是七律一体,仅《一三居存稿》一集中,即多达数十首。在近体诗中,七律成熟最晚,创作难度也最高。胡应麟《诗薮》内编卷五说:"近体莫难于七言律,五十六字之中,意若贯珠,言若合璧。其贯珠也,如夜光走盘而不失回旋曲折之妙。其合璧也,如玉匣有盖,而绝无参差扭捏之痕。綦组锦绣,相鲜以为色。宫商角徵,互合以成声。思欲深厚有余,而不可失之晦。情欲缠绵不迫,而不可失之流。肉不可使胜骨,而骨又不可太露。辞不可使胜气,而气又不可太扬。庄严则清庙明堂,沉着则万钧九鼎,高华则朗月繁星,大则泰山乔岳,圆则流水行云,变幻则凄风急雨,一篇之中,必数者兼备,乃称全美。故名流折肱,自古难之。"胡氏之论,对七律一体的艺术特点的鉴析,可谓洞烛幽微,全面深刻。以之对照林峰七律,其佳者确如贯珠合璧,锦绣黼黻,八音克谐,五色相宣,骨肉匀停,思深情远,辞气互称,高华庄严,沉着壮大,风云变幻,萃集众美于一篇之内。

看他一首《雨中谒鱼山曹植墓》:"九天风雨下东阿,万古青山气未磨。大梦迷离惊纸贵,孤坟寂寞恨才多。林深似见龙蛇起,溪涨如闻虎豹歌。谁共黄花参梵呗,不知秋色又婆娑。"首联即挟天风海雨之势,既是对曹植一生不幸遭遇的喻示,亦是对曹植千秋不朽名声的礼敬。中二联对仗工稳,而又动荡流走,虚实之间,慨惜大才遗恨,如见郁勃诗魂。诗中借用洛阳纸贵、化用才高八斗和鱼山梵呗典故,如盐在水,使人不觉。

林峰诗词用典甚多，例子不胜枚举，都能恰切题旨，神明变化。作者才气过人，但他不是仅靠才气写诗，更不是像时下流行的那样抖小机灵，弄小结裹。他的学养深厚，使其"胸中书卷繁富，又足以供其左旋右抽，无不如志"，大大增富了文本的内涵维度。再看他一首七律佳作《老黑山火山口》："百万霆雷动九天，地生烈焰是何年？崖浆迸处山争裂，石浪奔时海欲煎。龙起苍渊堪对酒，虎腾绝壑可谈玄。大千独有通灵手，赠我松涛太古前。"前二联展开想象，虚拟火山爆发之时岩浆喷薄山体崩塌、天雷地火焚石煮海的惊恐万状之场面，而摹虚如实。第三联转写眼前，看火山口积水成渊，如见龙腾之势；睹火山岩绝壁深壑，恍有猛虎跳涧。而实中有虚，作者还在放纵自己惊人的想象力。对酒谈玄云云，是说作者面对火山遗址，由心情极不平静到感悟沧桑变化。尾联就此生发，作者默会造化通灵之妙，聆听耳畔松涛犹作太古之音，见出自己身心震慑之情状，与自然奇观明心见性之功效。

　　林峰恢奇的想象，豪迈的辞气，磅礴的笔力，集中体现在他的七律与中调、慢词文本之中。司空图《二十四诗品·雄浑》云："反虚入浑，积健为雄。具备万物，横绝太空。荒荒油云，寥寥长风。"《豪放》云："天风浪浪，海山苍苍。真力弥满，万象在旁。前招三辰，后引凤凰。晓策六鳌，濯足扶桑。"姚鼐《复鲁絜非书》描摹"阳刚之美"云："其得于阳与刚之美者，则其文如霆，如电，如长风之出谷，如崇山峻崖，如决大川，如奔骐骥。其光也，如杲日，如火，如金镠铁；其于人也，如凭高视远，如君而朝万众，如鼓万勇士而战之。"司空图对"雄浑""豪放"的形容，姚鼐对"阳刚"的形容，均可移来形容林峰诗词尤其是他的七律和中调、长调词的主要风格特点。

西方美学关于崇高美的体积之大、力量之强的说法，也适合于拿来辨析林峰诗词的美感风格。

林峰具有阳刚之美的中调词与长调慢词尤多，佳者如《鹧鸪天·衢州诗词学会成立二十周年》《南歌子·寿沈鹏老八旬华诞》《破阵子·芒砀山怀古》《鹧鸪天·迎春》《水调歌头·甘肃永泰龟城遗址》《水调歌头·钓鱼岛之思》《沁园春·牛角岭关城随想》《水调歌头·渤海魂》《水调歌头·东坡赤壁》《沁园春·神九随想》《水调歌头·青藏铁路开通》《水龙吟·宣汉马渡关》《沁园春·黄河石林》《满江红·谒杭州岳王庙》《水龙吟·雅丹国家地质公园》等。大西北的自然与人文地理地貌，尤能激发林峰胸中的万丈豪情。看一首《水龙吟·雅丹国家地质公园》："云边落照苍茫，倩谁西指瑶台路。黄蒿涌动，丹峰耸立，乱崖无数。戈壁残烟，空城清角，繁星棋布。借秦时明月，纤尘洗却，更谁舞，神仙斧。 俯仰洪荒我主，道曾经，海翻雷怒。电光石火，霜飞骐骥，草奔狐兔。疏勒天清，祁连秋晓，斯人何处？正银驼万里，雄关百二，曲狂如鼓。"天边落日，戈壁荒烟，秦月汉关，万里银驼，西北边塞无边辽阔的地域，奇绝惊险的风景，厚重苍茫的历史，都让作者激情澎湃，狂兴难遏，发而为镗鞳砰訇的黄钟大吕般的豪放词篇。"男儿西北有神州"，即此可知，秀雅温情的林峰，在本质上是一个天纵豪情的热血沸腾之人。

林峰有着驾驭题材和体调的高超能力，不仅自然和历史在他笔下有出色的表现，现代科技在他笔下一样能挥写成奇姿壮采的篇章，如他的《沁园春·神九畅想》："烈焰蒸腾，电走雷鸣，气吐箭张。正河清海晏，穹窿净彻；峰低岳小，碧落苍茫。大野无声，乾坤有象，顿起曈曈万丈光。凝眸处，有火龙破雾，遁入玄黄。 撕开八极洪荒，又谁主神宫拓宇疆。喜星垂银汉，炳辉猛士；月移金殿，波漾红妆。 穿过天心，再旋天纽，更放天花唤旭阳。青冥上，看瑶姬舞动，白羽千双。"这首词有几点特别值得注意，一是不可企及的惊人想象力的展开，结撰成瑰玮壮丽的簇新慢词文本；二是许多人觉得难以处理的现代科技题材，完全可以入诗入词；三是主旋律正能量作品，也照样能够写得文采斐然，诗意盎然；四是从艺术手法上看，包括这首词在内的林峰慢词长调，既有耆卿慢词的铺叙描写，情景点染，又有美成慢词的转换角度，提顿勾勒，融两家之长，成自家面目，读来既不平直，亦不滞涩。 张炎《词源》云："慢曲不过百余字，中间抑扬高下，丁抗掣拽，有大顿、小顿、大柱、小柱、打、掯等字，真所谓上如抗，下如坠，曲如折，止如槁木，偶中矩，句中钩，累累乎端如贯珠之语，斯为难矣。"由张炎对技术细节的逐项讲究，可知慢词创作难度之高，然而正如姜夔《白石道人诗说》所言："难处见作者。"林峰对于创作难度极高的七律和慢词二体的成功使用，再次证明他是一个腕力笔力非同寻常的当代旧体诗词作手。

当然，林峰诗词并非一味阳刚，他的一些绝句小诗，尤其是他的小令词，则是另一番旖旎可人的柔美风貌。佳者如《阳信雨中赏梨花》《菩萨蛮·酒仙湖》《浣溪沙·福建南安五里桥》《浣溪沙·海棠诗会》《浣溪沙·海棠雅集》《菩萨蛮·春夜》《菩萨蛮·又到红螺山》《浣溪沙·微山湖》《浣溪沙·岁末》《浪淘沙·昌邑绿博园》《生查子·梅岩精舍》《菩萨蛮·雁湖》《醉桃源·别友》《减字木兰花·寄远》《减字木兰花·月夜》《临江仙·凤凰城》等。这里赏读他的几首令词，《生查子·梅岩精舍》云："精舍入晴岚，风竹浓如秀。岩碧燕飞低，梅老云根瘦。 水共落霞红，心与清漪皱。 最好是三春，花探柯山后。"《菩萨蛮·雁湖》云："青山远近湖天渺，芦花两岸曦光好。 岭上碧云垂，滩前双燕飞。 带罗银浦小，珠吐檀心巧。 何处觅诗痕，香浮秋满樽。"《醉桃源·别友》云："故人东去有谁知，花中有我思。 窗前残柳影参差，长宵入梦迟。 星汉渺，淡烟低，霜鸿绕树啼。 孤踪何处小楼西，归来月满衣。"皆是写景清新，言情婉美，蕴藉含蓄，韵味悠长，置之于花间词和北宋令词中，亦不遑多让。

字法、句法的讲求，也是林峰诗词的足多之处。 他的《行香子·浙江义桥老街》云："幽静门墙，曲折回廊。 依稀见，满院浓芳。 千年河埠，百里烟光。 对青街直、青霞老、共昏黄。 几多世味，几许柔肠。 莫徘徊，负却流觞。 桃花巷陌，渔父斜阳。 想往来人，往来事，俱微茫。" 这是一首滋味醇厚的怀旧之作，一段老街今昔循环，时空莫辨，不仅风景迷人，风情醉人，其前后结的句法安排，小颇见构琢之巧思。《过瑞昌》有句"红飞花弄影，翠滴墨留痕"，用老杜字法。《深秋再访贵州大学》有句"书香已共秋香溢，诗梦常同春梦新"，用义山句法。《浣溪沙·云和仙宫湖》有句"秋阳一抹透帆红"，观察描写之细微入妙，可谓得夕阳帆影之神理。 林峰诗词还工于发端，尤其是豪放之作，一起即能气势不凡，先声夺人，仿佛子建、明远、太白之惯用笔法。 如果借用传统诗话词话的摘句批评方式，则林峰诗词几乎每一首都有佳句可摘，限于篇幅，这里不再罗列。

三、守正容变，破体互文

守正容变或曰求正容变，近年来逐渐成为当代旧体诗词界的口号与共识。何为正变？相关的理解基本上停留在形式的层面，即在恪守诗律词谱的前提下，可以适度地在字声、韵脚、句式等细微之处作出变通，灵活处理，或者在整体上用《中华新韵》代替《平水韵》《词林正韵》等旧韵。这样看待诗词的正变，当然有其道理，但在实际上把正变的内涵大大地狭隘化了。

如前所论，正变二字是汉代《诗经》学者说诗时使用的概念。他们把文武、周公、成王时代的盛世诗乐称为"诗之正经"，包括风诗的《周南》《召南》，雅诗的《鹿鸣》《文王》之什，以及作为成王、周公制礼作乐产物的颂诗，皆是"治世之音"。把"懿王、夷王时诗，讫于陈灵公淫乱之事，谓之变风变雅"（《诗谱序》），诸如二南之外的风诗，二雅中的《十月之交》《民劳》《板》《荡》等诗，皆是"乱世之音"。他们看到了诗歌的发展变化与时代的紧密联系，时代的盛衰导致了诗歌从内容到情感再到风格的一系列深刻变化。后世论者，常以正变观念说诗谈词，如以曹植到李白的抒情言志的诗歌为正，以杜甫和中唐以后叙事写实的诗歌为变；以浑融玲珑的盛唐诗为正，以险怪浅俗的中唐诗为变；以主兴象意境的唐诗为正，以主议论说理的宋诗为变；以婉约之作为词体之正，以豪放之作为词体之变；如此等等。所以，正变的概念范畴，包含了内容、情感、体式、语言、手法、风格等方面，而非止格律一端。我们这里即是在广义的层面谈论正变的。

说到正变，就不能不谈及"通变"与"新变"问题。《周易·系辞下》云："穷则变，变则通，通则久。""变通者，趋时者也。"《文心雕龙·通变》据此立论，提出"通变"的文学创作主张："夫设文之体有常，变文之数无方，何以明其然耶？凡诗赋书记，名理相因，此有常之体也；文辞气力，通变则久，此无方之数也。名理有常，体必资于故实；通变无方，数必酌于新声。故能骋无穷之路，饮不竭之源。"又云："矫讹翻浅，还宗经诰。斯斟酌乎质文之间，而櫽括乎雅俗之际，可与言通变矣。"《周易·系辞》指出人们必须随着时势而会通变化，方能使事物的发展不至于停滞不前，这是刘勰"通变"说的哲学思想基础。刘勰用"通变"的观点看待文学创作，指出文学应当继承传统，适时变化，创新发展。具体说来，就是"设文之体有常，变文之数无方"。有常之体，泛指各种文体的特点和基本要求，这种基本要求具有先在的历史继承性。违背这种既定的要求，就会成为"谬体"或"讹体"。而辞句气力的文质，艺术风格的刚柔，则无一定程式，应当随着时代的发展和作家个人才性的不同，而随时变化，使之创新发展，以达到"通变则久"的目的。刘勰的"通变"说，把有常之体方面的继承性和文辞气力方面的创造性结合起来，以使文学创作源远流长，日新月异，永葆艺术的生命活力。

本文所说的"守正容变"，与刘勰的"通变"说意思相同。以之观照林峰的诗词作品，可以清楚地看到，他正是走在一条继承传统又创新变化的"通变"的创作道路上。如前所论，他的各类诗词作品，都符合"有常之体"的艺术标准，没有出现过"谬体""讹体"等"破体"写作的情形。但在修辞技巧、语言风格和题材拓展方面，又有适度的变化创新，显示出个人与时代的新鲜特色。他的《春到齐溪》："翠满春三月，风轻白日低。舟横村柳下，桥没菜花西。玉露生新芷，心波润浅泥。谁催明媚色，喷涌入齐溪。"恪守五律正体，写景颇有古意，但"心波""喷涌"二语，为古人所不用，是现代语感鲜明的语词。他的《卜算子·延庆道中赏红叶》："烟薄散花天，云淡清郊路。千树霜枫入眼明，百里红霞吐。　伊似画中来，我向花前舞。坐爱秋山不肯归，为把丹心谱。"这首题咏红叶的双调词，遵从上阕写景、下阕抒情的体调分工要求，但其所抒的情感，则富有个人和时代特点。词的下阕情往似赠，兴来如答，写出了行为上自由舒放的现代人的真生命的真陶醉。但是结句仍不忘以喻示性的"丹心"二字升华主题，以求切合时代的主旋律。而这对于作者来说，出于自然，不显人为，已然上升为创作的自觉。林峰诗词内容和取材方面的"变"，体现在以现代工业题材入词，如《鹧鸪天·赞鞍钢工人发明家李超》；以现代社会底层生活入诗，如《快递心语》；以现代航天科技入词，如《沁园春·神九畅想》；以重大的地质灾难入诗，如《抗震救灾有感》；以及众多的时事写作，此处不再具论。

　　与"通变"相对的文学创作观念是"新变"。南朝梁萧子显《南齐书·文学传论》云："习玩为理，事久则渎。在乎文章，弥患凡旧。若无新变，不能代雄。"针对汉代以来作为经学附庸的复古文风，萧子显立足于田园诗、山水诗、边塞诗、咏物诗、宫体诗暨永明体等新新不已的文学创作现象，提出了"新变"的文学发展主张。他认为文学具有娱乐性和观赏性，若久无变化，便会失去新鲜感，使人产生厌倦情绪，诗歌作品尤其如此。所以，诗人要想赢得读者赏识，取代前辈经典作家的重要地位，就必须致力于创新求变。这是从受众心理出发，对于六朝标新立异的文学思潮所作的规律性总结，是从变化的角度对文学发展的动因进行的理论性阐释。"通变"立足于"通"，"新变"着眼于"变",二者的关注重心和概念内核有着质的区别。忽视对于文学传统的继承,彻底打破不可变的"文之常体",必然出现刘勰所批评的"谬体""讹体",也就是类似于当代趋于极端的"破体"写作现象。从文学发展的长时段来看,其价值并不一定是负面的,可能从中孕育着更加积极的建设新体、创生新美的价值和意义。但是这种搅乱诗词美学伦理的新体和新美,是否还属于旧体诗词,则是可以继续耐心观察、深入讨论的。笔者在《元曲精神对当代旧体诗词的影响》《破体写作:建设新体与创生新美的有益尝试》等文中,曾集中讨论过聂绀弩、启功、周啸天、蔡世平、李子等追求"新变"的当代旧体诗人的"破体"写作现象。与之相比,林峰的旧体诗词写作,更符合"通变"的理论要求。

林峰是一位风格成熟稳定的当代旧体诗人,已然取得了引人瞩目的创作成就。以笔者对他的长期关注,感觉他应该还有很大的创作潜力有待发挥,他的更耀眼的也更锋锐的东西,大约被他的温文尔雅的君子人格,被他的职业涵养的医者仁心,被他的中和平正的情感态度,被他持守的通变创作追求,有意无意地遮掩起来了。在形式技巧的层面,林峰已经十分娴熟,而旧体诗词的形式是固定的,稍作变通不会产生决定性作用,大面积打破又不可行。所以,一种面向未来的新的可能性,应该主要体现在题材内容、思想情感与表现方法的突破这几个方面。

先说题材内容上的拓展。林峰诗词的题材内容不可谓不广泛,诸如传统诗词中广泛写及的记游纪行、登临凭眺、咏史怀古、写景咏物、酬唱赠答、祝寿哀祭等,都在他的取材范围之内。更有时代特色鲜明的重大题材、时政要闻等,在他的笔下也得到了出色的表现。题材内容的广泛性,正是成为大诗人的标志之一。但是大千世界，无所不有，森罗万象，林林总总，与几乎所有诗人一样，林峰显然也还没有穷尽题材。或者说，他还为自己预留了一大片有待垦殖的肥沃的园地，那就是无边广阔的底层社会，芸芸众生，他们的日常生活，心理情感，喜怒哀乐，酸甜苦辣。深入表现来自底层社会的真实生存与真切声音，应是林峰未来诗词创作的一个取之不尽的题材富矿。题材的拓展，必然更充分、更完整地发挥诗词的美刺功能，健全诗词的美学伦理秩序，并使自己的作品具备真正的诗史品格。

二是思想力量的加大。近代以来至现当代的旧体诗词作者，思想资源基本上不出传统的主流意识，从继承民族文化遗产的角度说，这当然是很好的现象。但是，随着国门在近代的持续打开，八面来风，域外新的思想理论源源不断地涌入，极大地丰富了国人的思想意识空间，使得旧邦维新成为可能且逐渐变成现实。在吸收、借鉴外来社会、历史、哲学、文艺、美学思潮方面，新诗做得比较充分，有效提升了新诗人观察和表现的思想力量。比较之下，旧体诗词界与现代思想意识较为疏离的现状，迄今没有得到根本的改变，这在客观上制约了旧体诗词的思想容量和内涵深度，也使得旧体诗词较难真正突破藩篱，写出新意。仅以近期参加的两场全国性的诗歌艺术研讨会为例，与会诗人纷纷赋诗填词，单篇来看都还是相当不错的，形式技巧也很熟练，但是集中起来看，就会给人单调重复的感觉，大家在作品中使用的都是那几个相沿已久的典故，抒发的都是基本相似的感情，作出的都是大致相同的评价，很难发现令人耳目一新的属于当代的卓识杰构。问题的根源，在于欠缺新的思想意识、新的美学观念去烛照古老的对象，所以很难表现出新颖的立意和题旨。以林峰开阔的视野眼界和深厚的理论功力，应该能够在诗词立意出新方面大有作为，以期更好地发挥诗词作品的批评反思功能，启智开蒙，醒世益人，让诗词作品在思想意识上真正成为簇新的现代旧体诗词，真正具备现代的品质与属性。

三是在坚持"通变"的大方向的前提下，表现方法上不妨再大胆一些，向着"新变"的道路迈出更大的探索的步子。守正对于林峰早已不是问题，那就应该在继承传统的基础上大力求变，放手尝试"破体"写作与"互文性"写作，起而打破传统诗词在题材内容、语词意象、体式风格方面的种种先在限制，跨越各种文体间的畛域，拆除各种文体间的藩篱，并缘此创生丰富多样的体式和风格。大诗人的创作，除了题材的广阔性，思想的深刻性，就是体式的丰富性，风格的多样性。"早生"的作者，当一种文体方兴，主要致力于"成体"，但"晚生"的作者，当"文体通行既久，染指遂多，自成习套"之时（王国维《人间词话》），要想度越前修，自出新意，可行的一条生路恐怕就是"破体"写作了。"破体"写作的过程，就是建设新体、创生新美的实践过程。不断地让诗词与各种文体建立"互文性"关系（蒂费纳·萨莫瓦约《互文性研究》），不断地让诗词与各种文体兼容互渗，不断地加强诗词与新诗的借鉴交流关系，不断地通过破体写作建设新体、创生新美，这应该是林峰诗词创作未来可能的走向之一。

显然，我们在这里以林峰诗词为例所作的讨论，目的是厘清与当代诗词的思想艺术质量攸关的一些诗学概念的理论内涵，进一步理顺当代旧体诗词的美学伦理秩序，从而较为准确地评估林峰诗词创作和当代诗词创作的特点、成就与意义，并为当代旧体诗词的发展提高努力探寻一条切实可行的前进路向。进一步理顺当代旧体诗词的美学伦理秩序，在目下显得尤为重要和迫切。合理的当代旧体诗词美学伦理秩序，应该更富有开放性和包容性，风雅正声与时序变体，美颂与怨刺，通变与新变，互文与破体，大题材与小情怀，主旋律与多样性，刚美与柔美，婉约与豪放，正大与谐趣，古今与新旧，现代与后现代，可以和谐并存，互鉴互补，共生共荣。即使是出现违背传统的诗词美学伦理的"谬体""讹体"等"破体""互文"写作现象，也应该允许它们的存在，看到其尝试行为的正面价值和积极意义。就像人际之间的"多年父子成兄弟"一样，在看似"乱伦"的底里，是一片更加宽容的生活空间，一种更加和谐的生存状态。包容认同而不是疏离拒斥，将会更有利于人们的身心健康和人格健全，也会更有利于当代旧体诗词生态和诗歌、文学生态的全面向好。

奥登在《十九世纪英国次要诗人选集》的序言中指出：就一切诗人而言，分得出早期作品和成熟之作，可就大诗人而言，成熟过程一直延续到老。从林峰迄今取得的不凡创作成就来看，他应该具有成为大诗人的潜质，对于他的创作风格的相对成熟稳定，我们需用动态发展的眼光加以审视观照，而不应视之为终端显示的恒定不变。林峰既有雄厚的创作实力，也有期待再上层楼的创作雄心，他的如下诗句和词句，如"彩霞三秋曲，江山万古诗""未得惊人句，不肯上巅峰""杜陵去后东坡老，到如今，谁续高情"等，正是他在诗词艺术的崎岖之路上持续迈进的过程中，怀有的再上层楼雄心的下意识流露。林峰正当年富力强，思想情感与技巧手法已然全面成熟，这是一个有着更高目标的诗人的最好的年纪。正像昌耀诗中所说："还来得及赶路。／太阳还不见老，正当中年。／我们会有自己的里程碑。／我们应有自己的里程碑。"（《划呀，划呀，父亲们》）作为读者，我们对林峰未来的发展怀有深切的期待，期待他在当代诗词创作的修远路途上，树立起一座更为醒人眼目的崭新的里程碑。

2022 年 8 月 20 日写于洹上扬子居

明　何浩　万壑秋涛图（局部）

清　刘权之　九夏安龢图册 其二
（局部）

明　文徵明　桃源问津图（局部）

清　刘权之　八风调豫图册 其二
（局部）

清　徐扬　姑苏繁华图（局部）

清　董诰　十雨征祥图册 其五（局部）

清　佚名　渔樵耕读画册 渔册其四（局部）

明　文徵明　吴中胜概图

明　周鲲　十二禁御图之夹钟嘉候图（局部）

明　吴彬　岁华纪胜图册 其五（局部）

清　丁观鹏　十二禁御图之太簇始
和图（局部）

清　刘权之　九夏安龢图册 其四
（局部）

明　吴彬　岁华纪胜图册 其九（局
部）

清　丁观鹏　十二禁御图之太簇始
和图（局部）

元　赵孟頫　水村图卷

元　赵孟頫　前后赤壁赋图卷（局
部）

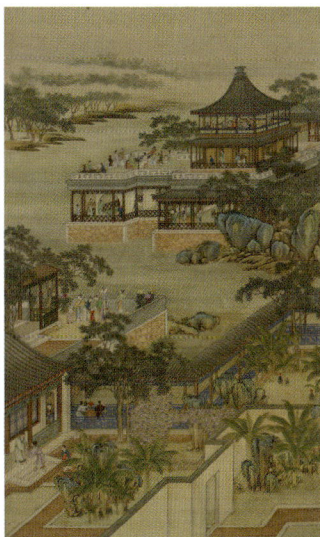

清　佚名　清院本十二月令图
轴　八月（局部）

清　董诰　万春集庆图册 其五（局部）

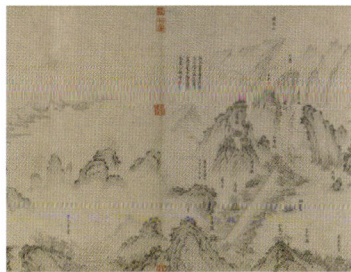

清　石涛　游张公洞之图（局部）

宋　李公麟　蜀川胜概图（局部）

清　佚名　黄河万里图卷（局部）

清　刘权之　九夏安龢图册 其六
(局部)

元　吴镇　夏山欲雨图卷(局部)

清　刘权之　八风调豫图册 其七
(局部)

清　佚名　渔樵耕读画册 渔册其
十一(局部)

清　董诰　清音荟景图册 其五(局
部)

明　文徵明　绿荫草堂(局部)

清　刘权之　八风调豫图册 其四（局部）

明　吴彬　岁华纪胜图册 其六（局部）

明　文徵明　浒溪草堂图（局部）

明　陈洪绶　花卉山水 其五（局部）

明　仇英　莲溪渔隐图（局部）

明　佚名　画岩壑清晖册 其三（局部）

清　董邦达　西湖十景图卷（局部）

宋　赵伯驹　江山秋色图卷（局部）

宋　李成　晴峦萧寺图（局部）

明　仇英　渔笛图

清　弘仁　天都峰图（局部）

明　萧云从　秋山行旅图卷（局部）

元　赵孟頫　鹊华秋色图（局部）

明　孙克弘　销闲清课图卷　其十
（局部）

宋　李公麟　蜀川胜概图（局部）

明　仇英　仙山楼阁图轴（局部）

明　文徵明　千岩竞秀图（局部）

元　夏永　岳阳楼图（局部）

明　华岩　花卉山水图（局部）

明　董其昌　仿古山水册 其一（局部）

明　董其昌　荆溪招隐图（局部）

明　吴彬　岁华纪胜图册 其一（局部）

明　何浩　万壑秋涛图（局部）

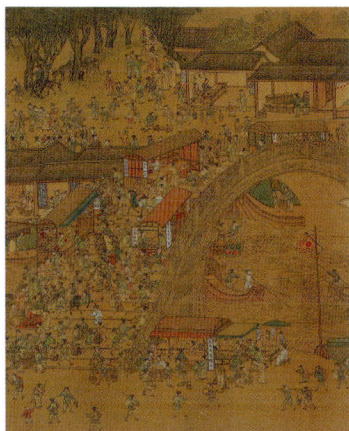

明　仇英　清明上河图（局部）

明　卞文瑜　秋窗读易图（局部）

明　何浩　万壑秋涛图（局部）